書下ろし

根《ね》津《づ》や孝《こう》助《すけ》一代記

江上 剛

祥伝社文庫

目次

第一話　奉公

本日は、ご多用の折、かくも大勢様にご来場いただき、誠に有難く存じます。

本日、申し上げますのは、本所相生町《ほんじょあいおいちょう》一丁目で薬種商——つまり薬屋を営み、文化文政《ぶんかぶんせい》から安政《あんせい》のころまで大いに栄えた「根津《ねづ》や孝助《こうすけ》」の話でございます。

本所相生町とは、墨田川《すみだがわ》と竪川《たてかわ》が交わる辺りで、近くには両国《りょうごく》がございます。

親の顔さえもまともに知らぬ貧窮《ひんきゅう》の中で生まれた孝助の人生は、波乱万丈でございました。が、僻《ひが》むことなく刻苦勉励《こっくべんれい》、努力に努力を重ねまして、地面三十か所も所有する身代を造り上げたのでございます。

古い諺《ことわざ》に「満《まん》は損《そん》を招き、謙《けん》は益《えき》を受《う》く」とありますが、この言葉は孝助のためにあるようなものです。その身の行ないの正しさ、親孝行に加えまして、経済、薬種の知識は学者以上のものがございました。このような良き資質と申すものは生来、備わっているものなのでありましょうか。

僭越《せんえつ》ながら、軽佻浮薄《けいちょうふはく》な今の世の中に一石を投じることが出来ましたら、噺《はなし》家《か》となって早や廿《にじゅう》年、噺家冥利《みょうり》に尽きるというものでございます。

一

孝助は、竪川に架かる一ツ目之橋《ひとめのはし》の欄干《らんかん》に身を寄せ、夕陽に赤く染まった川面《かわも》を見つめていた。

相生町一丁目の裏店《うらだな》に住む医者の徳庵《とくあん》に薬を届けにきたのだが、ここに来ると懐かしさに胸が締め付けられそうになる。

川面を染める夕陽が孝助の体も赤くすると、頰《ほお》を涙が伝い落ちる。

なぜ、ここから眺める夕陽の景色に懐かしさを覚えるのだろうか。孝助はぼんやりとしか覚えていないのだが、この橋で大事な人——母と別れたからだった。

孝助は、そっと両手を広げて掌《てのひら》を見つめた。

あの別れの時、母が孝助の手を優しく包み込み、

「絶対に負けるんじゃないよ」

と囁《ささや》いた。

あの言葉は、今も胸にしっかり刻み込まれている。辛《つら》い時、悲しい時、母の励ましの言葉を呪文のように唱えて、耐え抜いてきた。

母との別れは、数え六歳の時だった。母は裏店に住んでいた人たちから「お栄《えい》さん」と呼ばれていた。それが母の名前だったのだろう。

孝助は、帯につけたお守りを外すと、中から小さな紙を取り出した。そこには幼い頃の孝助が描いた母の顔があった。墨一色の拙《つたな》い似顔絵であるが、それでも母のやさしさがよく描かれていた。

「もう十年も前か……」

孝助は、似顔絵をお守りにしまいながら呟《つぶや》いた。

時とともに母の顔の記憶が薄れていくのが悔しかった。だからこうして似顔絵を取り出しては、母の顔を忘れないように努めていたのである。

「孝助、やっぱりここにいたのか」

「あっ、先生。いらっしゃらなかったので、勝手にお部屋に入り、お薬を届けさせていただきました」

孝助に声をかけてきたのは、医者の徳庵だった。

徳庵は、貧しい者も富める者も分《わ》け隔《へだ》てなく治療し、貧しい者からは治療代を取らないため、「仏の徳庵様」と慕《した》われていた。

孝助を薬種商の養生屋《ようじょうや》に紹介したのは徳庵だった。

「越中守《えっちゅうのかみ》様のところに呼ばれておってな。今、帰ってきたところだ」

「それはそれは。お駕籠《かご》は？」

「ははは、駕籠か？　駕籠は恥ずかしいから、その辺で降りたわ。貧乏医者が駕籠で裏店に帰ってきたら、笑い者になるだろうて」

徳庵は、豪快に笑った。

越中守とは津軽《つがる》藩主であり、「本所に過ぎたるものあり」と言われるほど広大な屋敷を構えていた。場所は、相生町一丁目からそれほど遠くではない。東に下った二ツ目之橋を過ぎ、緑町《みどりちょう》一丁目の角を北に下ったところにある。

大名には御殿医《ごてんい》というお抱えの医者がおり、大層な治療費をせしめるとともに、贅沢《ぜいたく》な駕籠で往診するのが習わしである。

徳庵は御殿医ではない。町医者であるが、その名声は江戸中にとどろいており、御殿医を差し置いて大名やその縁者の治療に当たることがあった。さぞや御殿医たちは面白《おもしろ》くないことだろう。

徳庵は、患者のところへは徒《かち》で行く。

しかしさすがに津軽藩主の屋敷に行くのに徒というわけにもいかず、行きは裏店の住まいから離れたところで駕籠に乗り、帰りは離れたところで降りるのである。自分が特別な医者であると貧しい人たちに思わせないための配慮だった。

孝助は、徳庵を尊敬の目で見つめた。徳庵こそ貧しい人の味方である、そう確信していた。

金持ちからはそれなりの治療費を受け取り、それを使って貧しい者には無料で治療を施していた。

どんなに安い町医者でも治療費と薬代を合わせれば四分から一両は取るであろうから、貧しい人々にとって徳庵は仏様、神様と呼ばれて当然の存在だった。

「孝助と出会ったのもこの橋だったな」

「そうでした。先生にお救いいただいていなかったら、今ごろ、どうなっていたかわかりゃしません。ありがとうございます」

孝助は深く頭を下げた。

思い出すだにおぞましい記憶が蘇《よみがえ》ってきた。

二

孝助はかつて、相生町一丁目の裏店に母と暮らしていた。貧しかったが、母といれば苦にならなかった。

父の記憶はない。時折、母の下《もと》を男が訪ねてきていたが、あれが父だったのだろうか。

母に、父のことを尋《たず》ねたことがあったが、母は何も答えなかった。なぜだか理由はわからない。隠さねばならない事情があったのだろう。

ある夏の暑い日のことだった。近くの神社で夏祭りが催《もよお》されていた。孝助は母と一緒に祭りに行った。初めてのことだった。大勢の人に揉まれて母とはぐれないかとそればかり心配して、母の手を固く握《にぎ》っていた。

祭りで遊び疲れて眠っていた孝助は、母に起こされた。

眠い目をこすり、「起きるんだよ」という母の声に布団《ふとん》から体を起こした。

「どうしたの」

「今から母ちゃんは、遠くに行かなくちゃならないの」

「どうして？」

「難しくてうまく話はできないけど……。ごめんね」

母は、孝助を強く抱きしめた。

「おいらも一緒に行くんでしょう？」

孝助は言った。

「一緒には行けないんだよ」

母は悲しげに言った。

「嫌だよ。おいらも一緒に行くんだ」

「無理を言うんじゃないよ。お前のことは、太助《たすけ》さんとお亀《かめ》さんにお願いしたから」

母が言うと、間もなく入り口の戸が開き、男が入ってきた。

時折、母の下を訪ねてきていた男だ。名前は知らない。

「お栄、早くしろ。行くぞ」

男は、母の名前を呼び捨てにした。

「待っておくれよ。お前さん。孝ちゃんがまだ納得していないんだよ」

「納得するも何もないもんだ。ぐずぐずしていると、二人ともおしまいになるんだぞ」

母と男の間の空気が張り詰めていた。

その時、向かいに住む太助とお亀が姿を現わした。

「お栄さん、早くしな。今ならだれにも見つからないから。孝ちゃんのことは、安心おし。あんたの落ち着きどころが決まるまでちゃんと預かっておくから」

お亀が焦《あせ》った様子で急《せ》かした。

太助とお亀は同じ裏店で暮らし、何かと孝助母子の面倒を見てくれている夫婦だった。

「ありがとうございます。孝助をよろしくお頼みいたします」母は言い、「孝助や、太助さんやお亀さんの言うことをよく聞くんだよ」と諭《さと》した。

母の尋常《じんじょう》ならざる様子に孝助は、幼いながらも、我慢しなくてはいけないのだと悟《さと》ったのである。

母は、男とどこかに行くらしい。そして孝助は、太助、お亀に預けられる。そこまで理解した孝助は、母が戻ってくるまで我慢して暮らそうと思った。

「母ちゃん、いつ戻ってくるの」

孝助が訊くと、母は涙を拭いながら、「すぐだよ。すぐだよ」と繰り返した。

その顔を見た時、孝助は、母は戻ってこないのではないだろうかと思った。

「絶対に負けるんじゃないよ」

母は一言言い残し、男に手を引かれ、裏店の狭い路地を逃げるように駆けていく。

「母ちゃん！」

孝助は、母の後を必死で追いかけた。涙がほとばしり、背後に飛んでいく。母の背中が遠くなる。一ツ目之橋まで来た時、母と男が立ち止まっていた。

「母ちゃん、おいらも行く」

孝助は息を切らせて母の着物の袖を握り締めた。

母はしゃがみこみ、孝助と目線を合わせると、「許しておくれな。必ず迎えにくるから」と泣きながら言った。そして再び「絶対に負けるんじゃないよ」と、孝助の手を優しく包み込んで囁いたのである。

「さあ、行くぞ。ぐずぐずしていられないんだ」

男は、母を急かした。

その時、お亀が橋までやってきて孝助の腕を摑《つか》み、母から引き離した。

「お栄さん、孝ちゃんはちゃんと預かるからね」

「よろしくお頼み申します」

母は泣きながらお亀に頭を下げると、身をよじるようにして橋の向こうまで速足で歩いていった。その背中を夕陽が赤く染めていた。孝助の目から滂沱《ぼうだ》として涙が溢《あふ》れ出た。

こうして母はいなくなった。平穏《へいおん》だった母との暮らしが突然、失われてしまった。

孝助は、太助夫婦を頼らざるを得なかった。なにせまだ数え六歳である。大人がいなくては暮らしていけない。

太助夫婦は、母に何かと親切にしていた。母が体調を崩した時は、お亀が看病してくれていた。

孝助は、太助夫婦が親切な人であると思っていた。ところが一緒に暮らすようになって、そうではないと知った。

太助は野菜の棒手振《ぼてふ》りを商《あきな》いとしていた。天秤棒《てんびんぼう》に野菜を担《かつ》いで裏店から裏店へと売り歩くのである。稼ぎは少ない。それに加えて酒と博打《ばくち》が好きだった。稼いだわずかばかりの金をそれらにつぎ込んでしまうため、お亀はいつもいらいらとし、太助の顔を見るたびに罵《ののし》っていた。

孝助は、二人のいがみ合う様子を肩身の狭い思いをして見つめていた。お亀は、太助に怒りをぶつけられない時には、孝助に当たることがあった。

「あんたのお陰で、米びつがいつも空《から》なんだよ。こんなことならもっとお栄さんからふんだくっておけばよかった」

お亀が顔を歪《ゆが》めて言った。

母は金を渡して、孝助の世話を太助夫婦に託していたのだ。

孝助は、お亀の顔色を窺《うかが》いながら暮らしていた。

ある夜、孝助は部屋の隅で小さくなって目を閉じていた。眠っている振りをしていたのだ。

部屋は狭く、孝助の眠っている傍《そば》で太助とお亀がひそひそと話していた。その声が、嫌でも孝助の耳に入ってきた。

「どうするね。もうお足がないよ」

「商いが上手く行かねぇ」

「商いのせいじゃないよ。あんたが博打をするからだろう」

「たいした博打じゃねえよ。そんなにガタガタいうんじゃねえ」

「ねえ、この際、あの子を金に換えようと思うんだけど、どう思う、お前さん」

「金に換えるって」

「売っちまうのさ」

「おめぇ、そりゃ悪どくねえか。お栄さんから世話賃をいただいたんじゃねえのか」

「ふふん、あんな金、とっくになくなっちまったよ。それもあんたの博打のせいさ」

「何かって言やぁ、俺を責めやがって……。ガキを売るったって当てはあるのか。ご法度《はっと》だぜ」

公儀は人身売買を禁止していたが、実質的には遊女や商家への年季奉公という形で人身売買が行なわれていた。

孝助は、悲鳴を上げてこの場から逃げ出したいと思った。しかし金縛りに遭《あ》ったように体が動かない。薄く目を開けると、天井が目の前に迫ってきているように見えた。押しつぶされそうだった。

――絶対に負けるんじゃないよ。

母の声が聞こえた。孝助は声なき声で「うん」と答え、目を閉じた。

翌朝、「起きるんだよ。いつまでぐずぐず寝ているんだ」とお亀が孝助の体を包んでいた掻《か》い巻《ま》きをはがした。

孝助は、驚いて目を開けた。お亀の姿が目に入った。その傍に見知らぬ男が座っていた。右腕に大蛇《だいじゃ》が絡《から》みついていた。入れ墨だ。男は、孝助を舐《な》めるように見ていた。細く切れ長の目が冷たい光を放っている。

孝助の背中にゾクゾクと、寒気が走った。

「三郎《さぶろう》さん、いい玉だろう」

お亀が言った。

「ああ、いいねぇ。上玉だ」

三郎と呼ばれた男が、引きつったように口角を引き上げた。右の頰に刀で切られたような傷跡がある。

「いくらになるかねぇ」

お亀が訊いた。

孝助は悟った。昨夜お亀が話していたように、自分は売られるのだと。

「こんなところでどうだい」

三郎が、人差し指を一本立てた。

途端にお亀が不服そうに表情を歪めた。

「馬鹿をお言いじゃないよ。たった一両なんてことがあるもんかい。これほどの上玉だよ。もっとはずんでおくれよ」

孝助はきれいな顔立ちをしている。まるで女の子だねぇ、うちの娘ととっかえたいよと裏店の女たちが、惚《ほ》れ惚《ぼ》れと見つめるほどなのである。

「欲張りは損の始まりだよ」

「何が欲張りなもんか。こんなにいい玉なら吉原《よしわら》かどこかに持っていきゃ三〇両にはなるさ」

「ははは、女子《おなご》じゃねえんだよ」三郎は、じろりと孝助を睨《にら》むように見た。「おめぇも可哀《かわい》そうなガキだなぁ。でもな、こんな業突《ごうつ》く張《ば》りなお方のところにいるより、俺についてきた方がいいぜ。いい思いをさせてやるからな」

孝助は、なぜか小さく頷《うなず》いてしまった。

「ははは、こりゃ気に入ったぜ。こいつ頷きやがった。よほどお前さんが嫌いなんだな」三郎は声をあげて笑い、お亀を指さした。「分かったよ。じゃあ、これでどうだ」

三郎は、指を三本立てた。お亀は、まだ渋い顔だ。

「もう、これ以上は出ねぇよ。なんならこの家のお亀さんていうお方は、人買いにガキを売ろうとしてなさるって奉行所に書付を放り込んでもいいんだぜ。俺は逃げおおせるが、あんたは可哀そうにも、そのみっともない頭が胴とおさらばすることになるんじゃねえのかい」

三郎が凄《すご》んだ。

「わかったよ」お亀は不貞腐《ふてくさ》れたように返事をし、孝助を指さした。「さっさと連れていっておくれよ」

「坊主、おめぇ、名前は何と言う」

三郎が訊いた。

「孝助……」

孝助は、きりっとした目つきになった。悲しくはない。いつか母が帰ってくれば、元の幸せな生活が戻ってくる。それまでの辛抱《しんぼう》だ。絶対負けるんじゃないよ、という母の声が何度も耳の中に木霊《こだま》する。

「それじゃあ孝助、行くぞ」

三郎は孝助の手を摑んだ。

三

孝助は我に返った。いつの間にか、周囲は薄暗くなっている。一ツ目之橋の上に立つと、孝助はどうしてか母の思い出に耽《ふけ》ってしまう。

「いろいろ大変だったのう」

徳庵が呟《つぶや》いた。徳庵も、孝助と並んで欄干に体を寄せていた。

「そのお陰で今日《こんにち》があるのですから」

孝助が笑みを浮かべた。

「先生、そろそろ失礼いたします。遅くなりますと、店の者に心配をかけますので」

「五《ご》兵《へ》衛《え》殿によろしくお伝えくだされよ」

「へい、ありがとうございます」

孝助は、腰を折った。

養生屋の主人五兵衛と徳庵とは、昔から親しい仲である。

孝助は、徳庵が背中を見せて歩き始めるのを確認し、再度その背中に向かって深々と頭を下げてから、踵《きびす》を返した。

急がないといけない。孝助は、足を速めて両国橋を渡った。

養生屋のある日本橋本町《にほんばしほんちょう》三丁目に戻るには、そこから西の方向に延びる通塩町《とおりしおちょう》、通油町《とおりあぶらちょう》、通旅籠町《とおりはたごちょう》といった大通りを抜けていく。孝助は、賑《にぎ》わう通りを急ぎ足で駆けた。

やがて本石町十軒店《ほんごくちょうじっけんだな》の「時の鐘」が視界に入ってきた。養生屋までは、もうすぐだ。

「時の鐘」では刻限になると鐘が撞《つ》かれ、人々に時間を知らせる。間もなく暮れ六つの鐘が鳴るだろう。夕七つには帰る予定だったから、大幅に遅れてしまった。

養生屋をはじめ多くの薬種商の店が並ぶ本町三丁目は、江戸で一番賑やかな通りである。日暮れどきにもかかわらず、まだ多くの人が行き交っていた。棒手振りの魚売りや野菜売りなどが最後の荷を売りつくそうと声を張り上げ、仕事終わりに軽く腹ごしらえをする客を捕まえようと、蕎麦《そば》屋が店を開ける準備をしている。

養生屋の並びには、いわし屋や伊勢《いせ》屋、中村《なかむら》屋といった薬種商の大店《おおだな》が軒を連ねていた。この辺りに薬種商が集まっているのは、ご公儀のお触れの結果だと孝助は聞いたことがある。

どの店も、大きな看板を幾つも軒先に掲《かか》げ、薬の宣伝に余念がない。それぞれの店には評判の薬がある。眼病に効く五霊膏《ごれいこう》、万病に効く錦袋園《きんたいえん》、婦人病の實母《じつぼ》散《さん》など。

養生屋は唐《から》の薬と本邦の薬を扱い、病の症状に応じて調合をするが、他の薬種商と同様に定番の熱さましや胃腸薬なども手広く扱っていた。

主人の五兵衛は還暦《かんれき》間近ではあるが、まだまだ活力があり、率先《そっせん》して店を切り盛りしている。性はいたって温厚で真面目《まじめ》であり、薬種商仲間でも一目置かれている。

妻のおさちは四十歳を過ぎたところである。おさちも五兵衛と同様に性は温厚で、丁稚《でっち》たちを我が子のようにかわいがる優しい女性であるが、子宝に恵まれているとはいえなかった。男子はなく、孝助と同じ十六歳のおみつが、たった一人の子どもである。いずれおみつに適当な男を婿《むこ》入りさせて養生屋を継がせようと、五兵衛は考えているようだった。

「お大尽のように遅いお帰りでございますね」

番頭の勝蔵《かつぞう》が、ねっとりと絡《から》みつくような嫌みな口調で言った。

「申し訳ございません。徳庵先生と話しておりまして」

「徳庵先生といくら親しくたって、油売ってたんじゃ丁稚たちに示しがつかない。用が終わったらさっさと帰ってくるのが務めだ。手代になったからって、生意気になっているんじゃないぞ」

勝蔵がちらっと睨む。

「そんなこと……」

孝助は反論しようと思ったが、やめた。いつものことだからだ。勝蔵は、五兵衛に働きぶりを評価されている孝助のことが気に食わないようだった。

「そろそろ店をしまいます。さっさと片付けなさい。のんびりしているんじゃない」

「はい」

孝助は返事をした。

養生屋で働いているのは、番頭の勝蔵を筆頭に、手代は孝助の他に三人。そして丁稚が七人である。勝蔵は十二歳の時に丁稚として入店し、今は四十五歳である。住み込みで番頭を務めている。

丁稚たちは、下は八歳から上は十二歳。皆、関東周辺の田舎《いなか》から江戸に出てきていた。

店先では、丁稚たちが並べられた定番の薬を片付けていた。番頭の勝蔵は帳場で今日の売り上げの算盤《そろばん》を入れている。

暗くなると、いくら日本橋の中心とはいえ人通りが絶え、物騒になる。

孝助は暖簾《のれん》を下ろすと、丁稚たちとともに並べた薬をしまい、看板を片付けた。

「おっ、どうした、末吉《すえきち》」

丁稚の末吉が足を痛そうに引きずっているのを見かねて、孝助が声をかけた。末吉は、養生屋一番の新米で、まだ八歳である。

「草鞋《わらじ》が擦《す》り切れてしまって、足が痛いんです」

末吉は足を指さした。見ると草鞋に穴があき、足が直接地面と接触している。店から一日につき一足支給される草鞋だが、一日中、動きまわって働いていると、すぐに擦り切れてしまう。

「そりゃ大変だ。痛いだろう」

「へえ、痛いです」

「番頭さんに話したかい」

「いいえ」

末吉は、首を横に振った。

草鞋の支給は、勝蔵の差配だ。草鞋は一足一二文《もん》。なにごとも節約大事と、勝蔵は何があっても替えの草鞋を支給しない。

慌《あわ》ただしい閉店作業の後、孝助は勝蔵に「なんとか一日二足、草鞋を支給をしてやってくれませんか」と相談した。薬を売る養生屋の丁稚が足に怪我《けが》でもして、そこから重い病《やまい》になったなどと噂《うわさ》されたら、店の評判に差《さ》し支《つか》えるからである。

しかし勝蔵は、首を縦に振らなかった。孝助が丁稚たちに人気があることも、勝蔵は気に食わないのだ。

「お前が買って、丁稚にくれてやればいいじゃないか」

算盤を弾きながら、勝蔵は言い放った。

「分かりました。それじゃあ、勝手にしてもいいんですね」

「ああ、お前の了見《りょうけん》でやる分には、わたしゃ文句は言わない」

相談はそれきりになった。

ならば自分で草鞋を作ろうと、孝助は思い至った。

使い古された草鞋は屑《くず》屋も引き取ってくれないから、ひとまとめにされて女中が竈《かまど》の焚《た》きつけに使うか、日本橋川に捨てるほかない。そこで孝助は、女中頭のお花《はな》に頼み込み、捨てられる草鞋を引き取ることにした。

見栄《みば》えのいい孝助の頼みである。お花は二つ返事で承諾した。

孝助は夜なべ仕事に、一つ一つ草鞋の藁《わら》をほぐし、それを再び編んだ。

先頭についた長い緒を踵《かかと》のところの返しに通して、足首でしっかりと結び、固定する。この緒が足の指をこすったり、返しのところが足首に強く当たったりして、長い間履《は》いていると傷ができ、痛くなる。

孝助は、指に当たる緒の部分や足首に当たる返しの一部に、女中たちからもらい受けた端切《はぎ》れをつけ、痛くならないように工夫した。

「末吉、これを履きなさい」

翌日の午《ひる》過ぎ、孝助は木箱から草鞋を取り出し、末吉に渡した。緒と返しの部分に赤や黄色の鮮やかな端切れが巻かれていて、見た目も愛らしい草鞋だった。

「孝助さん、いいんですか」

末吉の顔が晴れやかになった。

「他の者たちも、草鞋が傷《いた》んではいないかい？　もしそうなら取り替えてやるよ」

孝助は、丁稚たちに声をかけた。

すると、あたいも、あたいも、と丁稚たち全員が孝助の周りに集まってきた。

全員が草鞋を履き替えた。孝助は、彼らの擦り切れた草鞋を集めて木箱に入れた。これらの藁をほぐして編み直せば、また新品になる。

「孝助さん、ありがとうございます。これ、おっかぁが編んでくれた草鞋と同じです」

末吉が笑みに涙をにじませて言った。

他の丁稚たちも、色鮮やかな緒のついた草鞋が嬉《うれ》しいのか、一様に笑顔を浮かべている。

「お前たち、何をやっているんだ」

孝助の先輩手代である平太《へいた》が、眉《まゆ》をひそめて声をかけてきた。

平太は孝助よりも長く務めているが、未だに二番番頭になれない。このままだと孝助が二番番頭になるかもしれないと不安に思い、なんとか孝助の株を下げたいと思っていた。

「孝助さんが、新しい草鞋をくれたんです」

末吉が答えた。

「孝助が草鞋をくれた？　どういうことだ」

平太が孝助を睨みつけた。

「一日一足しかいただけないので、皆、困っていたのです」

孝助が毅然《きぜん》として説明した。

「丁稚の時代は、だれでもそんなものだ。お前、よく丁稚に草鞋を買ってやる金があったな。一足一二文はするだろう」

先輩手代として、平太は高圧的で上から目線の物言いを崩さない。

「お言葉ですが、買ったわけではありません」

「買っていないだと？　これ新品じゃねえか。それに赤や黄色の色まで付いて、随分、派手だ」

「わたしが編みました。赤や黄色は、女中頭のお花さんからいただいた端切れです」

「なんだって？　お前がこれを編んだのか」

「はい」

平太は驚き、「番頭さん、番頭さん」と声を張り上げた。

番頭の勝蔵は帳場をいったん切り上げて、二階の部屋でくつろいでいるところだった。

「なにを騒いでいるんだ」と二階から勝蔵の声が聞こえた。

「孝助が余計なことをしているんです。ちょっと下りてきてください」

平太が、また声を張り上げた。

勝蔵が階段を下りてきた。

「何を騒いでいる」

「孝助が、勝手に草鞋を編んで丁稚に支給したんですよ」

「草鞋を支給したって？　草鞋は店から渡すと決まっているだろう。どういうことだ、孝助」

勝蔵がじろりと孝助を睨んだ。昨日は孝助の了見でやれと言っていたが、どうやらいちゃもんを付けるつもりらしい。

「はい、先にご相談しましたが、末吉の草鞋がすり減って足が痛いと申しておりましたので、新しい草鞋を履かせてやりました」

「お前が買ってやったのか」

勝蔵の質問に平太が「孝助が編んだそうです」と答えた。

「自分で編んだ？　嘘《うそ》をつけ。まさか店の金をごまかして買ったんじゃないだろうな」

勝蔵は、平太の言うことを信じない。

「先ほど平太さんにもお話しいたしましたが、自分で編みました。緒のところの色は、お花さんからいただいた端切れです」

孝助は木箱を勝蔵の前に置き、中を見せた。そこには使い古された草鞋や端切れがたくさん入っていた。

勝蔵は木箱の中をしげしげと見つめ、草鞋や藁紐、端切れをつまみあげた。

「草鞋を編めるとはなぁ。旦那様にお断わりはしたのか？」

「いいえ」

「勝手なことをするな。ましてやその派手な草鞋は、いったいどうしたっていうんだ」勝蔵は丁稚たちの足元を指さした。「ちゃらちゃらと赤や黄色の緒を付けやがって。女みたいじゃないか。そんなもの脱げ」

勝蔵が怒声を発した。孝助がやることはなにもかも気に食わないと言った風情《ふぜい》だ。

突然、末吉が泣き出した。

「この草鞋がいい。脱ぎたくない。おっかぁが作ってくれたのと同じで履きやすいんだぁ」

末吉が涙を流しながら抗議の声を上げた。

「泣くんじゃない」

平太が怒った。

「何を騒いでいるんだね」

店の奥から、主人の五兵衛が姿を現わした。

下手《まず》いところを見られてしまったとばかりに、勝蔵が眉根を寄せた。

五兵衛は泣いている末吉に近づき、「末吉や、泣いている理由を言いなさい」と命じた。

末吉は涙をこらえて五兵衛を見つめた。

「この草鞋を脱げと番頭さんに言われました」

「おやおや、なんとも可愛《かわい》い草鞋だね」

五兵衛は、末吉の足元を見て言った。そして他の丁稚たちも同じような草鞋を履いていることに気づき、驚いた顔をした。

「皆、新しい草鞋だね。これはどうしたんだい」

末吉は涙を拭《ぬぐ》い、孝助を見上げた。

「孝助？　孝助に買ってもらったのかい」

「旦那様、孝助が草鞋を編んで、丁稚たちに履かせてやったのです。こんな女みたいな派手な草鞋は、養生屋に相応《ふさわ》しくないと、皆に脱ぐように申し付けたところ、末吉が泣き出しました。孝助が勝手なことをしでかしましたから、この騒ぎです。申し訳ございません」

勝蔵が五兵衛に頭を下げた。

「孝助や、お前がこの草鞋を編んだのかい」

五兵衛が訊いた。

「はい。丁稚たちが履き潰した草鞋をほぐしまして……。指や踵などが傷つかないように、このように端切れを巻きました」

「なるほどね」五兵衛は木箱を覗《のぞ》き込み、そこから新しい草鞋を取り出した。しげしげと草鞋を見つめ、再び「なるほどね」と呟いた。

「こんな勝手な真似をさせておいていいはずがありません。草鞋は、旦那様に買っていただいておりますのに……」

勝蔵が憎々しげに孝助を睨んだ。

「少し黙っていなさい」五兵衛が勝蔵を制した。勝蔵は顔をしかめて、口を閉じた。「この草鞋は非常によくできています。なぜこんなことをしたのか、孝助」

「はい。もったいないと考えたからです。丁稚全員にそれぞれ一日一足の草鞋をいただき、それらは履き終えると、竈《かまど》の焚きつけになるか、お花さんたちが集めて日本橋川に捨てておしまいになります。これでは川も汚れますし、なんとかならないかと考えておりました。幸《さいわ》いわたしは、草鞋を編むことができます。それで履き終えた草鞋を集めまして、藁紐をほぐし、お花さんにいただいた端切れを編みこんで、これらを作りました」

「草鞋なんか、たったの一二文だ。養生屋にとっては屁《へ》でもない。わざわざ作ることはないだろう。こんなことをして旦那様に申し訳ないとは思わないのか」

勝蔵が言葉を挟んだ。

普段は温厚な孝助も、むっとした顔で勝蔵を睨み返した。

「番頭さん、お言葉を返すようで失礼ですが、よろしいでしょうか」

孝助は決然として言った。

「何が言いたい」

勝蔵は表情を強張《こわば》らせた。

「草鞋一足たった一二文とおっしゃいますが、お店《たな》の丁稚七人に一足ずつ、一日七足でいくらになりますか」

「八四文だ」

「ではひと月では」

「二貫《かん》と五二〇文だ」

一貫とは一〇〇〇文である。勝蔵は毎日算盤を使っているだけに、計算が早い。

「では一年では」

「うーん……」勝蔵は小さく唸り、天井を見つめた。必死で暗算をしているのだろう。「三万と二四〇文だから……七両と二貫二四〇文だな」

「その通りです。では一〇年では」

「おいおい、まだやるのか。三〇万二四〇〇文になるから……」勝蔵の額《ひたい》から汗が滲《にじ》み出てきた。「ええっと……、七五両と……二貫と四〇〇文かな」

勝蔵が苛《いら》つきながら答えた。

「へぇ」

末吉がその金額に驚いた。

一両が銀六〇匁《もんめ》、銭四〇〇〇文である。

「七五両もあれば、店の一軒も持てますね。塵《ちり》も積もれば山となると言いますが、丁稚の草鞋を節約するだけでこれだけの額になります。無駄を省いて、お店の稼ぎを増やす。これが本当のご奉公ではないでしょうか」

勝蔵は、下の歯で上唇を噛んでさも悔しそうな顔をした。平太も同じだ。

「草履を編む技を生かして、節約しながら丁稚たちが楽しく働けないかと考え、草鞋づくりを始めたのであります。このまま続けさせてください」

孝助は、勝蔵に頭を下げた。

「孝助、ありがとう。そこまで養生屋のことを考えてくれていたのか。これからも草鞋づくりをしておくれ。もしよければ、その草鞋、一〇文で店が買い上げようと思うが、どうかな。市中で買い求めるより二文も安い。孝助の稼ぎにもなるだろう？」

五兵衛が提案した。

「旦那様……」孝助は五兵衛を感謝の目で見つめた。「それはなりませぬ。番頭さんがおっしゃる通りわたしが勝手に始めたものですから、それをわたしの稼ぎにするわけにはいきません」

「そうか……」五兵衛は再び草鞋を持ち上げ、しげしげと見つめて考え込んだ。「それにしてももったいない。こんなに可愛い草鞋なら、市中でも売れるのだがな」

五兵衛は、末吉たち丁稚に向かって言った。

「お前たち、孝助から草鞋の編み方を学ぶ気はないか。孝助はああ言うが、お前たちが上手に編めれば、わたしが一〇文で買い取ろう。それをお前たちが藪入《やぶい》りの際の小遣いにすればいい。どうじゃ、やるか」

「やります」末吉が真っ先に返事をした。他の丁稚たちも末吉に続いた。

「そうか、やってくれるか。どうかな、孝助。皆に草鞋の編み方を教えてやってくれないか。わたしも無駄は嫌いだ。履き古した草鞋が日本橋川を汚していたことも気になっておった。丁稚たちが無理のない範囲で、新しい草鞋を作れるようになれば、それを一〇文で買い取ろう。丁稚たちの小遣いになるし、日本橋川もきれいになるだろう。それと、これからは一日一足の草鞋を支給することにする」

五兵衛の言葉に丁稚たちは喜び、孝助がどんな返事をするか注目した。

「旦那様がお命じになるなら、末吉たちに草鞋の編み方を教えましょう」

「おお、そうしてくれるか」

「しかし、あくまで仕事の合間にやることですので、たくさんの草鞋ができるとは期待なさらぬようにご勘弁お願いいたします」

「わかっておるよ」五兵衛は機嫌《きげん》良さそうな笑みを浮かべた。「草鞋を編むことで無駄をなくし、節約することがどれだけ大事か、丁稚たちが分かってくれればそれでいい。のう、番頭さん、そうは思わないかい」

五兵衛は勝蔵に言った。

「は、はい。そうでございますね」

勝蔵は、不愉快ともとれるような気まずそうな表情になった。

孝助の草鞋作りを問題にしようと考えていたのに、すっかり当てが外れてしまった格好だ。

「番頭さん、孝助や丁稚たちが節約ということを学んでくれるのは嬉しいじゃないかね。番頭さんも、一つ、草鞋作りを学びますかね」

「いえいえ、わたしは……」

勝蔵は、言葉を濁《にご》しながらも拒絶するように手を左右に振った。

「そうか。番頭さんは、皆をよく指導してやってください。みんな、小遣い欲しさにあまり根《こん》を詰めるんじゃありませんよ」

五兵衛は、店の奥へと歩み始めた。

「はい」

末吉たち丁稚が、元気よく五兵衛の背中に返事をした。

「よかった……。孝助さん、おいらたちに草鞋作りを教えてください」

末吉が、表情を綻《ほころ》ばせた。

「ああ、いいよ。一緒に作ろうな」

孝助は言い、五兵衛の背中に向かって深く頭を下げた。

四

「孝助、お前、曲独楽師《きょくごまし》のところで草鞋作りを習ったのか」

五兵衛の姿が見えなくなると、勝蔵が訊いた。

「はい、そうです」

答えた孝助は、養生屋に来る前の辛い時代を思い出した。

太助、お亀夫婦の下を離れ、人買い三郎に引き取られた孝助は、上野廣徳寺《うえのこうとくじ》近くの三郎の家に数日間暮らした。

「おい、孝助、お前の行き先が決まったぞ」

三郎に言われた孝助は、黙って頷いた。

逃げ出そうと思えば、逃げ出すことはできた。三郎は、家を空けることがあったからだ。しかし逃げ出さなかった。逃げたところでどこに行く当てもなく、その日から飢えるだけだったからだ。三郎は、ちゃんと食事を与えてくれ、殴りも蹴りも、罵倒《ばとう》もしない。その点では、太助とお亀よりもずっとましだった。

「下谷広小路《したやひろこうじ》通りの曲独楽師の藤沢《ふじさわ》親方のところだ」

「曲独楽師って？」

「独楽回しの芸を売り物にするんだ」

「独楽なんか回せない」

「大丈夫だ。修業すりゃいい。お前は、顔立ちがいいから人気が出るぞ。さあ、行くぞ」

三郎は孝助を促《うなが》すと、外に出て歩き始めた。

下谷広小路は、さほど遠くない。上野寛永寺《かんえいじ》の子院の通りを抜けたあたりだった。

「一生懸命、修業すりゃ、いい銭が取れる曲独楽師になれるからな」

三郎は言った。

孝助は「うん」と頷きながら、いったいいくらで売られたのか気になったが、訊いてどうなるものでもない。幼いながら自分の運命に諦《あきら》めを覚えていた。

下谷広小路の上野町一丁目、一乗院《いちじょういん》の傍に、黒塀に囲まれた屋敷があった。

「ここだ。良く稼いでいやがると見えて、御立派なお屋敷じゃねえか」

三郎は勝手知ったる様子で、裏木戸から中に入った。孝助も従った。

屋敷の中に入ると、孝助はその広さに驚いた。一面に緑の芝草に覆われた庭に、枝ぶりのいい松の木が一本あるだけ。そこで三人から四人の、孝助と同じかそれよりも年長の男の子が、逆立ちをしたり、宙返りをしたりしていた。松の木の枝にくくられた縄にぶら下がってよじ登っている者もいる。大きな独楽を掌の上でまわしている者もいる。

彼らは遊んでいる様子ではない。どの顔も必死である。

「こら！　休むんじゃない」

彼らを怒鳴りながら、竹刀《しない》を振りまわしている男がいた。

「親方、連れてきやした」

三郎が孝助の手を引き、男に近づいた。

「おお、三郎さんか。待っていたよ」

親方と呼ばれた男が振り向き、孝助を見下ろした。男はしなやかな体つきで、脚絆《きゃはん》を巻いた足は太く、筋肉が張り詰めているようだった。眉が太く、目も大きい。遠目にも表情が読めそうなほど顔立ちがはっきりとしていて印象的だった。

「この童子《わっぱ》か」

男は腕を伸ばして孝助の顎《あご》を摑むと、顔を上げさせた。

「いい顔しているな。おい坊主、口を開けろ」

孝助は、言われるままに口を開けた。

「いい歯をしている。虫歯もねえ。見栄えがいいぞ。いい玉だ」

男は薄ら笑みを浮かべた。

「言った通りでしょう。こんないい玉は滅多《めった》に出ませんぜ。仕込めば、評判を呼ぶのは間違いございません。では約束通り。これで」

三郎は卑屈《ひくつ》な笑みを浮かべ、両手を広げた。一〇両の意味だと孝助にはわかった。

「家の中に万治《まんじ》がいる。金は用意してあるからもらってくれ」

「へい、ありがとうございます」三郎は腰を低くして、男に礼をした。そして孝助に向き直ると、真剣そのものの顔で言った。

「この方は、江戸一番の人気曲独楽師、藤沢伝治《でんじ》親方だ。弟の万治さんとお二人で曲独楽を演じていなさる。今日からお前の親となるお方だ。しっかりお仕《つか》えするんだぞ」

孝助は三郎を見つめて、頷いた。

「いい目をしているじゃねぇか。修業はつらいぞ」

伝治は孝助の頭を大きな手で摑むと、ぐるぐると撫《な》でた。

孝助は、先々に対する不安よりも、落ち着き先が決まったことで安堵《あんど》感を覚えていた。しかし……それは大いなる間違いだった。

五

藤沢親方の下で、孝助は辛い修業の日々を送った。独楽を回す際に鉄芯が掌や頭を穿《うが》つので、血だらけになる。悲鳴を上げたくなるほど、とにかく痛い。まるで忍者のように空中で一回転したり逆立ちしたりと、曲芸も仕込まれた。そのうえ毎晩、眠気と手の痛みに耐えながら、夜なべして草鞋を編む。毎日の修業で草鞋がすぐに擦り切れてしまうからだ。

藤沢親方は決して悪い人ではなかったが……。

「噂に聞いたが、若衆として稼いでいたそうじゃないか」

番頭の勝蔵が、蔑《さげす》むような目つきを孝助に向けていた。

若衆として稼ぐ。それが意味するところは衆道《しゅどう》、すなわち男色である。

藤沢親方は裏稼業として、孝助のような美少年を集めて大名屋敷などで興行を打ち、大名の求めに応じて、少年たちに夜とぎをさせることがあった。

孝助は、ぐっと唇を嚙《か》みしめた。悔しさがふつふつと湧きあがってきた。

勝蔵がどこでそんな噂を仕入れたのかは知らない。確かに藤沢親方が子飼いの美少年たちに大名の衆道の相手をさせることで稼いでいたのは、事実である。

孝助はそれが嫌で、藤沢親方のところから逃げ出したのだ。藤沢親方は人を使って孝助を探し出し、孝助が「帰らない」と拒否すると、殴る蹴るの手酷《てひど》い暴行を加えた。

そして息も絶え絶えになっていた孝助を一ツ目之橋の上で助けてくれたのが、医者の徳庵だったというわけである。

「旦那様も旦那様だ。どこの馬の骨かもわからない孝助を可愛がりすぎなさる。まさか……孝助、旦那様とできているんじゃないだろうな。あははは」

勝蔵は、下卑《げび》た笑い声を発した。

「番頭さん」

孝助は、勝蔵をぐっと睨んだ。その視線の強さに、勝蔵はたじろいだ。

「な、なんだ」

「そのようなことをおっしゃっては旦那様に失礼ではありませんか」

孝助は、強く言いこんだ。

「分かった。分かった」

勝蔵は孝助の迫力に圧《お》されて、逃げるように二階へと上がっていった。

孝助は勝蔵の後ろ姿を見つめながら、もっともっと良い働きをすれば勝蔵も見直してくれるに違いないと思った。しかし衆道のことまで持ち出されるとは、悔しくて悔しくて、ただ拳《こぶし》を握りしめるしかなかった。

「孝助さん、これ、本当に履き心地《ごこち》がいいです。おいらたちも、ちゃんと草鞋作りを勉強しますから」

末吉や他の丁稚たちが孝助を取り囲んだ。

「みんなありがとう。喜んでくれて嬉しいよ。一緒に頑張《がんば》ろうな」

孝助は、末吉の頭を撫でた。

嬉し涙か悔し涙かわからないが、目に涙が滲んでいくのを感じていた。

第二話　江戸わずらい

何が難しいといっても人間関係ほど難しいものはございません。人間関係がこじれますと人の世は、とかく住みにくくなるのであります。

孝助は養生屋で真面目に、骨惜しみせず働いておりまして、主人の五兵衛の信頼も厚いものがございますが、それが番頭の勝蔵や、先輩手代の平太の嫉妬《しっと》をかきたてるのでございます。

さて養生屋という名前は、江戸時代の有名な儒学者《じゅがくしゃ》、本草《ほんぞう》学者の貝原益軒《かいばらえきけん》が著《あらわ》した『養生訓《ようじょうくん》』に由来しておるそうでございます。

『養生訓』は多くの人に読まれました。益軒は養生の四つの要《かなめ》ということを申しておりまして、一に暴怒《ぼうど》を去り、二に思慮少なく、三に言語少なく、四に嗜慾《しよく》を少なくすべし、だそうでございます。怒ったり、考えすぎたりしないで、人の悪口などのおしゃべりをせず、欲深くならないという意味でございましょう。

養生屋の朝は早うございます。日の出の時刻を明《あ》け六《む》つといいますから、今の時間で言えば、冬なら午前六時、夏なら午前五時というところでしょうか。

一

養生屋の丁稚である末吉は、このところ体がだるくてしかたがなかった。毎朝、起きようとしても起きられない。みんなが朝の準備を始める頃合いになっても、体が石になったようで、布団から出ようとしても出られなかった。

「末吉、起きろよ」

先輩の丁稚が声をかけてくれる。

「はい。今すぐ」

頑張って体を起こそうとするが、やはり起きられない。

他の丁稚たちは、皆、店の方に出てしまった。

掃除をしたり、玄関先に水を撒《ま》いたり、看板を掲げたりと、朝は何かと忙しい。

新米の丁稚である末吉も、先輩を見習って働かねばならないのだが……。

＊

「どうした、末吉がいないではないか」

手代の平太が声を荒らげた。丁稚たちを並ばせて開店の準備を始めようとしていたのだが、末吉が見当たらない。

「わたしが呼びにいってきます」

孝助が言った。

わずか八歳の末吉は、上州沼田《じょうしゅうぬまた》の貧しい村の出身である。店で最も幼いため他の丁稚たちに可愛がられているのだが、最近、体調が優《すぐ》れないのか、目に見えて元気がない。孝助は気になっていた。

「早く呼んでこい。ぐずぐず言ったら首根っこを引っ張ってもかまわないぞ」

平太が首を摑むように拳を握った。

丁稚が寝ているのは、店の奥の二階である。孝助は階段を駆け上がった。

「末吉、大丈夫か」

孝助は、末吉の寝床に駆け寄った。

搔い巻きから顔を出した末吉は、今にも泣き出さんばかりに弱りきった声を出した。

「孝助さん……すみません。どうにも起きられなくて」

「最近、元気がなかったから心配していたんだ」

「すみません……」

「ちょっと見せてみろ」

孝助は搔い巻きを末吉の体から除《の》けた。そして手を取り、脈を測った。

医師の徳庵から脈診を習った孝助は、脈を少し読むことができる。

弱い、と感じた。体のどこの部位が悪いとまではわからないが、脈の弱さが、末吉の体の深奥《しんおう》で何か異変が起きている気配を感じさせた。

着物の裾から伸びた足を触ってみた。孝助が足を指で押すと、そのままへこみが残った。むくんでいるのだ。水が溜《た》まっている。これでは体全体が疲れ、起きられないのも無理はない。

「江戸わずらいか……」

孝助は呟いた。

江戸では、地方から働きに出てきた丁稚たちの体調が悪化することが頻繁《ひんぱん》にあった。養生屋でも以前、末吉と同じく上州から来ていた丁稚の体調が悪化し、故郷に戻されたことがある。

体調の悪化は、故郷に戻ると回復し、元気になる。原因はわからないが、故郷が恋しくて気を病み、体調悪化を引き起こすのだろうと言われている。そのため「江戸わずらい」の名前がついていた。

「沼田に戻されたくありません」

末吉が涙を流した。

「戻されないさ」

孝助が優しく言った。

「でも今、江戸わずらいとおっしゃいました。それに罹《かか》ると、郷里に帰されるんでしょう。帰っても迷惑になるだけなのです」

「心配するな。そんなことはないって。番頭さんにはわたしから話しておくから、ゆっくり寝ていろ」

「わかりました」

末吉は搔い巻きを顔まで引き上げた。その顔は、やや青ざめていた。病のせいなのか、それとも店を追い出され郷里に帰されるかもしれないことへの不安なのか。

末吉の実家には兄弟姉妹が大勢いる。まさに貧乏人の子だくさんである。口減らしのために江戸に奉公に出されたのだ。もし病を得て江戸払いになったとしたら、郷里の父母は決していい顔をしないだろう。

父は勿論《もちろん》のこと、母のぬくもりさえ十分に味わったことがない孝助は、末吉の体をなんとか元通りにしてやりたいと考えた。

憂鬱《ゆううつ》な表情で、孝助は平太のところに戻った。丁稚たちはそれぞれ開店準備に勤《いそ》しんでいる。平太は、番頭の勝蔵と話し込んでいた。

「どうだった、末吉は」

勝蔵が眉根《まゆね》を寄せている。面倒なことを聞かせるなという顔だった。

「気分がすぐれないようで、休むように申しました」

孝助は答えた。

「休めと言えるのはわたしだけだ。勝手なことを言うな」

途端に勝蔵が激怒した。

「申し訳ありません。しかし、あまりにも体調が悪そうでしたので」

孝助が頭を下げた。

「どうせ江戸わずらいだろう。田舎が恋しくて病を得るのだ。帰しましょう。病気の丁稚がいるなんて養生屋の評判を悪くしますから」

平太が、勝蔵に媚《こ》びるような薄ら笑みを浮かべた。

「そうだな。それがいい。旦那様にさっそくご相談しよう」

勝蔵はそう言って、五兵衛のところに向かおうとした。

「ちょっと待ってください」

孝助は慌てて勝蔵を止めた。

「何かあるのか」

「去年も丁稚が江戸わずらいを理由に里に戻されました。ここで末吉を同じようにいたしますと、人々の病を治す養生屋の名折れになりはしないでしょうか」

「名折れもなにも、役に立たない丁稚を置いておく方が問題だろう」勝蔵は、孝助を睨んだ。「お前は何かとわたしに逆らうが、含むところでもあるのかい」

「そんなことはありません」

孝助は、困惑《こんわく》気味に言った。

「そうは思わないね。旦那様に気に入られていようが、番頭はわたしだよ。逆らってもらっては困るんだ。他の者に示しがつかないからね」

勝蔵は、フンと鼻を鳴らした。

「孝助、ここは番頭さんに任せた方がいい。役立たずは江戸にはいられないんだ。里に戻って百姓《ひゃくしょう》をすればいい。それとも何かい。お前に何か腹案があるとでもいうのかい」

手代の平太が、勝蔵に向けて追従《ついしょう》笑いを浮かべた。

「そういうわけではありません」

「そうだろう。この病はね、江戸を離れれば治るんだ。母親のお乳恋しさに患うんだからな。お前のように、母親がどこの誰とも知らぬ者には関係のない病だよ。ねえ、番頭さん」

「そうさな、孝助は罹りようがないな」

勝蔵は平太に同調し、笑った。

孝助は歯を食い縛った。母のことを引き合いに出されては、悔しくてたまらない。

――病には、元がある。それを断てばいい。

ふいに徳庵の言葉が、孝助の脳裏《のうり》に浮かんだ。

江戸は教育に熱心な街である。庶民《しょみん》の子弟が学べる寺子屋などは、小さなものを含めると一〇〇〇以上もあった。それらに加えて、どの商家でも丁稚たちに読み書き算盤を教えた。手代、番頭たち、時には店の主人が教師代わりを務めることもあった。店の主人にとって丁稚たちが読み書き算盤をできることは商売上も利があると考えられたからである。また奉公人である丁稚にとっても、商家の負担で勉強できるというのはありがたいことだった。

孝助には、寺子屋に通った経験はなかった。六歳で母お栄と別れ、人買いの三郎によって曲独楽師の藤沢親分に売られてしまったからである。

それでも孝助は、母お栄から読み書き算盤を習った。幼い頃、お栄が自ら孝助の手を取って、筆で字をなぞってくれたのだった。お栄の手は温かく、優しかった。

藤沢親分の下で暮らすようになってからも、読み書き算盤を学ばせてもらえた。曲芸の修業においても、読み書き算盤の知識は必要だったのである。親分が招いた教師役の浪人の指導は厳しかった。

極めつけは、口にくわえた筆で字を書く芸を仕込まれたことだ。台の上で逆立ちをして、相方が持った扇子《せんす》に、さらさらと字を書くのである。手で書く習字でも難しいのに、口で書くのはなおさらだった。

曲芸の練習に疲れた後の勉強は、眠い目をこすりながらではあったが、孝助にとっては楽しい時間だった。どんどん新しい知識が吸収されていくのは喜びだった。藤沢親分の下での生活は厳しく苦しく、辛い思い出のほうが遥かに多かったが、読み書き算盤を学ぶことができたのは、生涯の財産になった。そのことは藤沢親分に今でも感謝している。

藤沢親分のところから逃げ出して徳庵に救われてからは、徳庵の下で学んだ。徳庵は、孝助が立派な字を書くことに驚いた。その利発さを認めた徳庵は孝助を下働きにし、医術や薬草の知識を教えることにしたのである。

そして孝助は、徳庵から医術、薬草、人体のことなど多くを学んだ。難しい書物を、わずかばかりに油をたらした灯りで夜な夜な読みふけった。書物から得る知識もさることながら、孝助にとって最も役立ったのは、徳庵が病人を診《み》ながら実地で教えてくれることだった。孝助は、徳庵の言葉の一言一句を聞き逃さないよう、必死に注意を払ったものだった。

——病には、元がある。それを断てばいい。

それは、かつて徳庵の治療箱を抱えて病人のもとに出かけた際に、徳庵が口にした言葉だった。

「番頭さん、七日だけ、末吉をわたしに預けてくださいませんか。それで何ともならなければ、番頭さんの言いつけに従います。末吉は、里に帰っても貧乏で、邪魔にされるだけだと思いますから」

孝助は、土下座をせんばかりに勝蔵に頼みこんだ。

勝蔵は顔をしかめた。どうする？　という表情で手代の平太を振り向いた。

「七日だな。それ以上は置いておけないぞ」

平太は、勝蔵の意を受けて言った。

「へい、七日で結構です」

孝助は答えた。

「勝手にしろ。だが、旦那様には末吉が江戸わずらいだと話しておくからな」

勝蔵が言い捨てた。

「いらっしゃいませ」

店先で、丁稚たちが一斉に声を上げた。店が開き、客が入ってきたのである。

勝蔵は吊り上がっていた眉を下げると、「ご入用は何でございましょうか」と一人の客にすり寄っていった。

その客は、同じ日本橋筋にある紙問屋の若旦那だった。店のことは父親である大旦那と番頭に任せ、茶屋遊びばかりしているという男である。

「おお、勝蔵さん、いい薬はないかい？　ここに効くやつ」

若旦那は、にやけた顔で股間《こかん》を指さした。着物の裾が少し割れた。そこから真っ赤な裏地がのぞいている。表地は地味な萌黄《もえぎ》色だが、裏地に深紅《しんく》で粋《いき》がっているのだろう。

「とっておきのがございますよ。平太、あれを出しておくれ」

勝蔵は平太に指示すると腰を屈《かが》め、媚《こび》を浮かべた笑みで揉み手をしながら、薬棚の方へ若旦那を案内した。

「いいねぇ。品川《しながわ》にいい女がいるんだ。どう見ても元はお武家様の妻女なんだがね。ちょっと通《かよ》っているんだよ。それでね、あははは」

若旦那が声に出して笑いながら、勝蔵の案内で店の奥に入っていった。

孝助は、勝蔵と若旦那の話を尻目に、末吉の枕元へと急いだ。七日で、末吉を元気にしてやらなければならない。

「病の元……」

孝助は、自分に言い聞かせるかのように呟いた。

二

末吉の枕元で、孝助は聞き取りを始めた。

末吉が里にいた頃は、こんなにだるく、体に力が入らないことはなかったという。

――病の元は食にある。

徳庵はそうも言っていた。病を得るのも癒《い》やすのも食である、と。

去年に江戸わずらいで里に帰された丁稚も、ここに横になっている末吉も、里にいる時は何でもなかったという。

ではどうして江戸に来たら、病を得てしまったのか。

「なあ末吉、江戸に来て何が一番美味《おい》しいと思った？」

孝助の問いに、末吉はしばらく考えていたが「ご飯です」と力のない掠《かす》れた声で言った。「白いご飯は、本当に美味しいです。養生屋にお世話になって何が嬉しいかと言ったら、ご飯をいっぱい食べられることです」

「里では何を食べていたんだ？」

「稗《ひえ》とか粟《あわ》とか、麦……。白いご飯など食べたことがなかったものですから、もう美味しくて、美味しくて」末吉は涙を流した。「やはり里に戻されるんでしょうか」

「心配するな。体が元通りになったら、大丈夫だよ」

「がんばります」

体を起こそうとする末吉を、孝助が止めた。

孝助は、末吉の食べっぷりを脳裏に思い浮かべていた。

白いご飯を茶碗に山と盛っていた。奉公人の食事は朝と夕だが、ご飯に沢庵《たくわん》、それに味噌汁《みそしる》がついたり、魚の干物《ひもの》がついたりである。

「ご飯か……」

孝助は、他の丁稚たちにも体調について訊いて回った。驚いたのは、ご飯ばかり食べている者に、程度の差こそあれ末吉と同じような症状が出ていたことだった。

孝助は、徳庵に相談してみようと思った。

「必ず良くしてやるからな。しっかりするんだぞ」

孝助は、末吉の手を強く握った。そして手を離すと立ち上がり、勝蔵に断わって店を出た。勝蔵はいい顔をしなかったが、特に嫌味は口にしなかった。どうせ末吉の病は癒えないと考えているのだろう。

「お花さん、ちょっと徳庵先生のところに参ります」

「末吉のこと、心配だね」

お花は顔を曇《くも》らせた。女中頭のお花は心根の優しい女性である。

「はい。何とか元通りに元気になればいいのですが」

「本当にね。早く元気になって欲しいもんだよ……」

お花も暗い表情になった。

「ところで女中の皆さんには、江戸わずらいは少ないように思えますが……」

江戸わずらいは丁稚に多いが、女中で罹ったという例はあまり聞かない。丁稚と同じような生活を送っているはずなのに何故《なぜ》だろうと、孝助はふと疑問に思った。

「何か食べるものに違いはありませんか」

「糠漬《ぬかづ》けかねぇ」お花が呟いた。

「糠漬けですか」

「丁稚たちが食べる糠漬けは、洗って糠を落としているだろう」

「はい」

「わたしらはそれがもったいないから糠のついたまま食べることが多いんだ。案外と美味しいものだよ。糠を焼いて、ちょっとおやつ代わりに舐《な》めたりね」

お花は恥ずかしそうに打ち明けた。贅沢ができない中で、できるだけ食材を無駄にしないように工夫しているのだろう。

「わたしの田舎では魚でも何でも糠漬けにして食べたものだ。糠には滋養《じよう》があるからって教えられたもんだよ」

お花の田舎は越前《えちぜん》である。

「なるほど……」孝助は頷いた。

「末吉を何とかしてやっておくれ」

「はい、必ず。では、行って参ります」

孝助は、相生町一丁目にある徳庵の家を訪ねた。家といっても、裏店を二軒続きで借りているだけだ。一軒は診療に使い、もう一軒は徳庵の住まいとなっている。

徳庵は診療室にいた。

「先生、よろしいですか」

引き戸を開け、中に入る。

「おお、孝助か。何用だ」

ちょうど診察が終わり、徳庵は茶を飲みながら休んでいるところだった。

「先生に教えていただきたいことがございまして、参上いたしました」

孝助は部屋に上がると、正座して丁寧《ていねい》に頭を下げた。

「そんな堅苦《かたくる》しい挨拶《あいさつ》は抜きだ」徳庵は、孝助に茶を勧めながら言った。「で、教えてもらいたいとは、いかなることじゃ」

「江戸わずらいでございます」

孝助は、居住まいを崩さずに言う。

「ほう、江戸わずらいとな。江戸に働きに出てきた幼い者が多く罹るという、不思議な病だな。全身がだるくなり、足などがむくみ、立つのも不自由になるが、里に帰れば治ると……」

「そうでございます。実は去年も、わたしどものお店の丁稚が一人罹りまして、泣く泣く里に帰されました。そして再び、今度は末吉という者が罹ったのでございます。番頭がすぐに里に帰そうというのを、わたしが押し止《とど》めました。他人様《ひとさま》のお体の調子を整える薬を売っておりますのに、こうも続けて病人を出すのは、養生屋の名折れだと申しまして……」

「ほほほ」徳庵は嬉しそうに笑い「孝助らしいの。それでわしに江戸わずらいの治療法を教えて欲しいと申すのじゃな」

「そうでございます。何かいい知恵はございますか」

孝助は、徳庵を見つめた。徳庵は茶を一服、口にすると、腕を組んで「うーん」と唸《うな》った。

「何もない」

「何もない？　そうですか……」

徳庵の返事を聞いて、孝助はがくりと肩を落とした。

「わしのところにも、江戸わずらいに罹った、何とかならないかという相談があるが、栄養のあるものを食べて休んでおれとしか、言うべき答えを持たんのじゃよ」

徳庵は、さも困ったかのように眉根を寄せた。

気を取り直して孝助は、改めて姿勢を正した。

「どうして江戸わずらいと呼ぶのでしょうか」

「それは江戸に働きにきた幼い丁稚たちによく見られる病だからじゃ。里恋しさに罹る病と言われておる」

「江戸に長く住んでいる先生やわたしどもは罹らないのでしょうか。同じような病はありませんか」

「そうじゃのう……」

徳庵は再び茶を口にし、腕を組んだ。

「わたしは、先生がおっしゃった『病の元を断て』という言葉が気になっております。この病の元とは何か」

孝助は、徳庵をぐっと睨んだ。

「食か」

「そうです。先生」

孝助は我が意を得たりと、膝《ひざ》を叩いた。

「末吉は、里では稗や粟などばかり食べていたようです。ところが江戸に来た途端に、毎日、白いご飯が食べられる。こんな幸せはないと、腹いっぱい食べております」

「おかずは」

「沢庵のみです」

「そうか……。白米に問題があるというのか」

「白米は確かに美味しいですが、そればかり食べていると、滋養が偏《かたよ》るのではないでしょうか。大人は何でも食べますし、わたしなども白米ばかりではなく、味噌汁もいいわしもいただきます」

「そう言われてみると、食に偏りのある者に、江戸わずらいと同じような症状の出る者がいる。ぶらぶら病とでもいうべきものじゃが……」

徳庵は、孝助の「病の元」説に頷いた。

「里に帰された丁稚も、同じように白米ばかりを食べていた覚えがございます。養生屋では、味噌汁やちょっとした魚も出すようにはしていますが……」

「食の偏りが原因というのじゃな。『薬食同源』という言葉がある。薬も食も体を保つには必要なもので、源は同じという意味だ。食には『すっぱい、苦い、甘い、辛い、塩辛い』の五味があるが、それぞれ『肝《かん》、心《しん》、脾《ひ》、肺《はい》、腎《じん》』の五臓を養うと言われておる。昔から病気の治療には、日々の食事を問《と》い質《ただ》せと言われておる」

「先生も、わたしの見立てに賛成していただけるのですね」

「おお、いいところに気づいた。わしが気づかねばならないところじゃったが」

徳庵は照れたように頭を掻《か》いた。「しかし丁稚に贅沢な食を供することはできないだろう。困ったのう」

「先生」

孝助は、徳庵ににじり寄った。

「なにか良い思いつきがあるか」

「なぜ江戸では白米が食されるのでしょうか」

徳庵は思案顔になった。

「さあ、考えたこともないのう。美味しいからか」

「そうだと思います。江戸には美味しいものがいっぱいあります。それを食べるのに稗や粟や玄米では美味しく食べられません。そこでわたしたちは米屋で米を買い、搗《つ》き米屋に精米させ、白米を炊き、白いご飯を食べています。さて、米を搗いた際に出てくるものといえば」

「糠だな。それは糠屋が買っていく」

「なぜ糠屋が買っていくのでしょうか」

「何やら禅問答のようになってきたが、糠を買う人がいるからだ。漬物屋、おしろい屋などじゃな。糠漬けには糠が必須。女たちが湯で体を洗う際にも糠袋を使う。最後は畑の肥料になる」

「なぜ糠を使うのでしょうか」

孝助が、さらに徳庵ににじり寄った。

「皮に滋養ありじゃ。米も果実も、皮を厚くして実を守っている。だから皮は捨てるべきじゃない。わしは菜には皮のまま使う。それに糠漬けは、糠の付いたまま食べるようにしているんじゃ」

「女中頭のお花さんたちは、先生と同じように糠漬けは糠がついたまま食べたり、糠を焼いておやつの代わりに舐めたりするそうです。なんでも田舎の越前では、魚も野菜も糠漬けにするそうですよ」

「糠には滋養があるからな」

「先生、それですよ。糠、糠です。わたしは、母が白湯《さゆ》に糠を溶いて飲ませてくれたのを覚えています。決して美味しいとは思いませんでしたが、無理やり飲んでいました。あれにどんな意味があったのかその時は分かりませんでしたが、貧しい中で、わたしに滋養をつけてくれていたのだと思います」

「孝助は、糠を食べさせるのが良いと考えているのだな」

「はい」

孝助は、徳庵を真っすぐ見つめた。

「試してみるがいい」徳庵は、薬棚から何かを取り出した。「これは砂糖じゃ」

「貴重なものですね」

「甘い薬じゃ。糠だけだと食べにくい。これを混ぜてやりなさい」

「よろしいのですか」

孝助は両手を差し出して砂糖を受け取った。

「ありがとうございます。末吉が糠で元通りの元気を取り戻すか、やってみます」

孝助は、飛ぶようにして店に戻った。

三

孝助は末吉の枕元に座ると、飲み物を差し出した。

「末吉、これを飲め。お前を元気にする薬だよ」

それは糠を炒《い》って香ばしくし、白湯に溶いて砂糖を加えた糠湯だった。

「ありがとうございます」

末吉は弱々しく言った。

「必ず元気になるから」

孝助は、末吉を励ました。

それから孝助は、日に三度、糠湯を末吉に与えた。

すると末吉は、日に日に健康を回復していった。

勝蔵と約束した七日後には、末吉は「おはようございます」と元気に挨拶し、開店準備に勤しむまでになった。

「いったいどういうわけだ」

勝蔵が、苦々しい表情で孝助に訊いた。

「末吉が、養生屋で働きたいと強く願ったからであります」

孝助は微笑して答えた。

「ふん」と勝蔵は不機嫌そうに鼻を鳴らした。

「こんど患ったら、猶予《ゆうよ》なく里に戻すからな」

捨て台詞《ぜりふ》を吐いて、帳場に入った。

「孝助、ちょっと来ておくれ」

主人の五兵衛が声をかけてきた。

「はい、ただいま」

孝助は急いで前掛けを外して手早く畳むと、小脇に抱えて五兵衛の後に従った。

五兵衛は、孝助を奥座敷に座らせた。手代の身分では本来、座ることが出来ない場所である。孝助は身を引き締めた。いったい五兵衛は何を言うのだろうか。

「孝助。わたしは、お前に教わりたいと思ってな」

五兵衛は優しげな笑みを浮かべた。

「旦那様、そんなもったいないことを……」

孝助は身が縮む思いで、頭を畳に擦りつけた。

「末吉が元気を取り戻したようだな」

「はい。以前のように元気になりました」

「勝蔵から、末吉は江戸わずらいで役に立たないから里に戻した方がいいと聞いておった。ところがお前が、何やら薬を処方し、末吉に与えたらしいの」

「はい」

「まさかその薬は、お店の物ではあるまい」

「決してそのようなことはございません」

「それなら何を与えたのじゃ」

「糠でございます」

孝助は、頭を下げたまま答えた。

「糠？」

「はい。徳庵先生と相談しまして、糠には多くの滋養分が含まれているに違いないと考えまして。糠なら簡単に手に入ります。お花さんから糠床にする糠をいただき、それに徳庵先生からいただいた貴重な砂糖で甘味をつけ、末吉に飲ませました。すると日に日に回復していったのです。理由はよくわかりませんが、徳庵先生がおっしゃるには、食と薬は同じ源であるとのことで、体を健やかに保つには、食が大事とのことであります」

「薬食同源だな」

五兵衛は感心したように呟いた。

「はい、その通りでございます」

孝助は大きく頷いた。

「のう、孝助。江戸わずらいは、実は丁稚だけの病ではないのだ。大店の旦那衆やお武家様をも悩ませておる。だいたい贅沢な食をしている人たちだな。商家でも、わたしのように昔ながらの粗食《そしょく》の者は罹らないのだが……」五兵衛は孝助を見つめた。「その糠湯とやらを薬として売れんかの。砂糖がちと高いがな」

「わたしも同じことを考えておりました。ただし一つお願いがございます」

「何かな」

「丁稚など貧しい者でも手に入るようにしたいのです。この江戸わずらいが食が原因で起きるのなら、貧しい者がより多く罹っていると思われます。そこで安く提供したいのです」

「お前の考えは承知だが、砂糖を使うとなると、安くはできんなぁ」

五兵衛は困惑した顔になった。

「それならわたしに良い考えがございます。飴《あめ》を使うのです。飴の中に炒って香ばしくした糠を入れます」

「飴とな！」

五兵衛は、孝助の知恵に感激したように大きく頷いた。

飴は、日本古来より食されている庶民の甘味《かんみ》だ。水と米と麦から作ることが出来る。米のでんぷんを麦芽《ばくが》が糖に変えるのである。

孝助は、曲独楽師の藤沢親方の下から逃げ出した際、飴屋の金治《きんじ》親方の世話になっていた。金治は、人のいい、そして気風《きっぷ》のいい人物で、孝助を匿《かくま》ってくれた。

　金治は、江戸の露店や行商で売り歩く飴売りの元締めだった。孝助は、そこで流しの飴売りをしていたが、運悪く藤沢親方の子分たちに見つかり、袋叩きに遭ったという訳だ。

　その時に助けてくれたのが徳庵なのだが、こうして養生屋で働くようになってからも金治の恩は忘れまいと、今でも挨拶を欠かさない。

「幸い、わたしには懇意にしている飴屋さんがございます。そこに相談して、江戸わずらいに効く滋養のある飴を作ってもらいましょう。これなら多くの貧しい者にも渡ることになります。よろしいでしょうか」

　孝助は、五兵衛の顔を窺《うかが》った。

「よろしい。滋養のある飴を売りましょう。お前が世話になったという飴屋さんの商いにも益《えき》になることでしょう。早速、取り掛かりなさい」

「ありがとうございます」

　孝助は、深く頭を下げた。

四

飴屋の金治の協力を得て、糠を使った滋養たっぷりの飴が完成した。

五兵衛は完成を喜び、「養生糖《ようじようとう》」と名付けて店頭で販売するばかりでなく、金治配下の飴売りの助けを借りて江戸中で売り歩かせた。

飴売りたちは、唐人《からびと》の姿を模すなど奇抜な恰好《かつこう》をして、鉦《かね》や太鼓《たいこ》を打ち鳴らしながら市中を練り歩く。

「養生糖、養生糖、養生糖の効用は、体の芯から強くする、ハァ、強くする、強くなれば何でもできる、ハァ、チャンチキチン、チャンチキチン、トントントン……」

飴売りを見たさに子どもたちが集まり、親に飴を買ってくれとねだった。値段は三粒で一文という安さだったので親たちは安心して、子どもに買い与えたのである。

意外だったのは、「養生糖」によって乳の出が良くなるとの評判が立ち、幼い子を持つ母親たちがこぞって買い求めたことだった。

養生屋の前には長い行列ができ、連日『売り切れ御免』の看板を掲げざるを得ないまでになった。

「薬屋が飴売りになる養生糖」

川柳《せんりゅう》に歌われ、

「養生屋はいつから飴屋になったんだ」

と褒めるとも揶揄《やゆ》するともつかない評判さえ立ったのである。

ある日、配下の飴売りを引き連れて、飴屋の金治が日本橋本町三丁目を訪れた。

「金治親方、本当にありがとうございました」

養生屋の店先に顔を出した金治に、孝助は深々と頭を下げた。

「何を言うんだね。こっちこそいい商売をさせてもらっている。ありがてぇよ」

金治がにこやかに笑った。

「金治親方が美味しい飴を作ってくださったおかげで、これほどの評判を呼ぶことができました」

「他人様《ひとさま》を助けたいという孝助の気持ちが実ったんだ。良い薬屋になりなさいよ」

「ありがとうございます」

孝助は再度、頭を下げた。

「金治親方、いやぁ、いい飴を作ってくださった。ありがとうございます」

主人の五兵衛も店先に出てきて、相好《そうごう》を崩して金治に礼を言う。

五兵衛は嬉しくてたまらなかった。飴を買うついでに薬を買っていく客も増えたからである。

「これも皆、孝助のお陰です。孝助をよろしく頼みましたよ、旦那。では、あっしはこれで」

金治は配下の飴売りと共に、人の流れの中に入っていった。

チャンチキチン、チャンチキチン、トントントン……。

「孝助……」

五兵衛が背後から声をかけた。

「はい、旦那様」

「たくさんのお客様が来てくれて嬉しいのお」

「はい、本当にその通りです」

「しかし、心せねばならぬことが、一つある」

五兵衛が真剣な表情で言った。

「何でございましょうか」

「それはのう、お客様が儂《わし》らを見ているのではないということだよ。どんなにたくさんのお客様が来てくれようとも、儂らはお客様一人一人を見ていないといけない。お客様は来てくれないものと思い定めて、来てもらえるように一瞬でも努力を怠《おこた》るなということだな」

——お客様は来てくれないものと思い定めること。

孝助は心の中で呟いた。

「はい、心に刻みつけておきます」

孝助が頭を下げると、五兵衛は満足げに頷いて、店の奥へと戻っていった。

面白くないのは番頭の勝蔵であった。

養生糖が売れるたびに「うちは飴屋じゃないぞ」と丁稚たちに当たり散らした。しかし丁稚たちは客の応対に追われ、勝蔵の不平など聞いている暇はない。それに加えて食事に必ず養生糖がつくようになったのが、丁稚たちは嬉しくて堪《たま》らないのだった。

五

「番頭さん、不機嫌ですな」

着流しに羽織をひっかけた男が言った。

商家の若旦那風ではあるが、やや崩れた印象がある。男は養生屋の客で、勝蔵とは懇意《こんい》にしていた。勝蔵は男に誘われて品川に来ていた。

男が馴染《なじ》みの海老屋《えびや》という旅籠《はたご》に上がる。ここは旅籠とはいっても女郎を多く抱えた宿だった。

「不機嫌にもなりますよ」

勝蔵が歪めた顔を男に向けた。

「養生糖が売れに売れて、ご機嫌じゃないんですか」

男が言った。

「それが面白くないんですよ」

「それは、また異な事でございますな」

「わたしの手柄じゃないんですよ。手代に孝助という者がおりましてね。その男が『養生糖』を作ったのです。その男、何かとわたしの邪魔をするんです。ああ、面白くない」

「ははは、番頭さんも良い手代を持つと大変ですね。男の嫉妬は犬も食わないと申しますから、今日は派手にパッとやりましょう。近頃は、吉原よりも品川にいい女がいるという評判ですから」

「そうですか。期待してますよ」

勝蔵は下卑た笑みを浮かべた。

勝蔵たちの前を、宿の下男が腰を屈めて歩いていた。これから二人を部屋に案内するのだ。

長い廊下の左には、山水《さんすい》をかたどった庭がある。涸《か》れた川には紅色の太鼓橋がかかっていた。

彼らの横を、女が通り過ぎた。海老屋お抱えの女郎である。

あでやかな桜や菊をちりばめた小紋の小袖に、金糸銀糸の派手な帯を締め、首のあたりには深紅の襦袢《じゆばん》の襟元《えりもと》が覗き、色香を漂わせている。うりざね顔の目元は切れ長で、いかにも涼しげである。唇はきりりと小さく、それを染めている赤い紅が、なんとも男心をそそる。品川にはめずらしい豪華な装いの女郎である。

勝蔵は、目ざとく女を見定めた。

「おい、あの女を呼べないか」

「あいにく客がついておりまして、今宵《こよい》は無理でございます」

「ちぇっ、ついてないと、どこまでもついていないものだ」

勝蔵が吐き捨てた。

「あの女は、なんでもお武家様の妻女だったとか……」

着流しの男が言った。

「お武家様の妻女だったかどうかは知りませんが、人は落ち始めると、どこまでも落ちるものですな」

「しかし評判の床《とこ》上手とか、ひひひひ」

着流しの男がにやついた。

「では、次にお誘いいただけるときにはぜひあの女をよろしくお頼みいたします」

勝蔵は言い、下男が案内する部屋へと消えていった。

第三話　お栄

　さて皆さま、落語には吉原が多く登場いたします。

　吉原は、かつては今の日本橋人形町《にんぎょうちょう》あたりにございまして、大名や高禄《こうろく》の武士を相手にする遊女たちがおりました。

　遊女たちは、関ヶ原《せきがはら》の合戦に敗れた武士の婦女子だったようで、見目麗《うるわ》しく才媛《さいえん》でありましたので、客の大名や武士に妻として娶《めと》られていったとのことです。まあ、いわば吉原はお見合い場所だったのでございます。

　ところが江戸の初めの頃、焼死者が十万人も出たという明暦《めいれき》の大火がございました。

　火事と喧嘩《けんか》は江戸の華と申しまして、江戸時代、二六四年間に一七九八件、年に六件から七件の火事があったようでございます。しかし明暦の大火は、ちょっと大きすぎる火事でございました。なにせ江戸城の天守閣さえも燃やしてしまったのでございますから。

　吉原も燃えてしまいました。しかし、すぐに浅草の日本堤《にほんづつみ》の先、千束《せんぞく》村に移転し、再開したのです。

これが新吉原でございます。花魁《おいらん》道中など華やかな遊郭《ゆうかく》文化を生んだのはこの新吉原で、遊女たちは以前の吉原とは違い、農家や庶民の出でございまして、吉原で教養を積み、最高峰の花魁となっていきました。

落語にございます「幾世餅《いくよもち》」や「紺屋高尾《こうやたかお》」など、花魁と庶民の客が結ばれる人情噺《ばなし》は、この新吉原を舞台にしたものでございましょう。

実は、江戸には吉原以外にも男衆が遊ぶ場所が多数ございました。

第一は幕府公認の吉原ですが、第二に江戸への入り口で、武家のために人足や馬などが集められた伝馬宿《てんましゅく》として発展いたしましたのが品川、板橋《いたばし》、千住《せんじゅ》、新宿《しんじゅく》でございます。ここには多くの旅籠がございまして、幕府が黙認しました春をひさぐ女郎が多く働いておりました。

「品川の宿には遊女多し、旅人の通るとき、手洗いける女の走り出て招き止まる」と言われ、なかなか荒っぽく客を引いたようでございます。

さて物語の舞台は、その品川の宿へと移ってまいります。

一

お栄は、旅籠の二階から品川の海を眺めていた。窓の敷居に腰をかけ、着物の片袖をみだらに肩から崩している。そこから首筋にかけて白く塗られた化粧が、ところどころ薄く剝《は》げ落ちている。

先ほどの客が、ぬめぬめとした舌でお栄の肩から首筋を舐めまわしたからである。お栄は、客が帰った後も化粧を直すこともせず、じっと海を見ていた。

夕暮れの海は、お栄の眺めている間に茜《あかね》色から墨色に変わりつつあった。波は穏やかで、幾艘《いくそう》もの船が白帆《しらほ》を上げてゆっくりと走っている。

「お栄さん、入りやすよ」

お栄が声に振り向くと、若い衆の九平治が膝を屈《かが》めていた。

「おや、九平治さん、どうなさったの。顔が、いかにも渋いじゃないか」

「渋くもなりますよ。お栄さん、もう少し客を取ってくれないかね」

「取っているじゃないか」

「いえね、こんなことは言いたくありませんが、主人《しゅじん》がね、お栄はわがまますぎ

「おや、そうかい。わたしゃ、そんなにわがままの方じゃないと思っているけどね」

お栄が鼻白んだ。

九平治はお栄が働く旅籠海老屋の若い衆であり、二番番頭の位置づけである。主人や一番番頭からの信頼も厚く、旅籠全般を仕切っている。まだ二十五歳と若い。

お栄は九平治のことを好ましく思っており、九平治もお栄に他の遊女以上に親しみを感じていた。

九平治は、きちんと畳の上で正座している。

品川には、海老屋以外にも吉野家《よしのや》、丁子屋《ちょうじや》、みの屋といった遊女を抱える旅籠が十数軒も軒を連ねており、そこで働く遊女は数百人もいた。連日、遊客で賑わう品川では旅籠間の競争も激しく、人気のある女郎は体が悪くなっても働かされていた。お栄もその一人である。

「あまり具合がよくなくってね。まあ、心配するほどじゃあないんだがね」

お栄は、わずかに目を伏せた。

「体が壊れちまったら元も子もないんですが、お栄さんは武家の出だってことで、評判がいいんですよ」

「武家の出だからって言っても、ついてるものは同じだよ」お栄は力なく笑った。「ばかばかしいやね」

「分かりました。体が不調だということで主人には話しておきます。お元気になられたら、宜《よろ》しくお願いします。実はあっしは、お栄さんのことが心配ですから、あんまり無理をさせたくねぇんでございます」

九平治は、お栄を見つめた。

お栄は、頭を下げた。

「ありがたいねぇ。九平治さんには、いつもご迷惑をかけてすまないね」

「ところで、あの男が来ていましたよ」九平治は親指を立てて、お栄に見せた。

「あいつはお栄さんの情夫《いろ》でしょう？」

「ははは」お栄は笑った。「情夫《いろ》ねぇ。まあ、いろいろあったわね」

「お栄さんをこんなところに売りやがって……。主人と親しいかどうかは存じませんが、堂々と出入りして、客を紹介することで口銭稼《こうせんかせ》ぎをするなんざ、あっしは腹が立ってしかたがありやせん。あいつは極悪の女衒《ぜげん》ですよ」

九平治の表情が険《けわ》しくなった。

「そうかもしれないね」

九平治が、お栄の情夫《いろ》と言ったのは、卯市《ういち》のことだった。

お栄は、遠くを見るように外を眺めた。

お栄の素性《すじょう》は、海老屋には明かされていない。当然、九平治も詳しいことは知らない。ただ、武家の妻女だったことだけが噂として広まっていた。卯市がその噂を広めたようだ。

お栄の、他の田舎出の女郎と違う品の良さがその噂を裏付け、物珍しさでお栄を相手として望む客が多いのである。

丹波篠山《たんばささやま》藩青山下野守《あおやましもつけのかみ》の家人で江戸上屋敷勘定方《かんじようがた》という重責を担《にな》う篠原清右ヱ門《せいえもん》の妻だったお栄は、屋敷に出入りしていた紅白粉問屋《べにおしろいどんや》・玉屋《たまや》の手代卯市と密通し、それが発覚しそうになり、二人で逃亡した。

密通の現場を捕らえられたら、その場でお手討ちになっても仕方がない。またお手討ちにならなくとも、街路に手縄で縛られた形で筵《むしろ》に座らされ、さらし者にされてしまう。これはお手討ちになるよりも過酷かもしれない。人々の好奇の目に見つめられ、石を投げられたり、棒で殴られたり、唾《つば》を吐きかけられたりと散々な目に遭う。そして最終的には、島流しである。

お栄の夫である清右ヱ門の怒りは凄《すさ》まじかった。

なぜならお栄と卯市が逃亡しただけならまだしも、ただ一人の跡取りである孝《こう》太郎《たろう》をお栄が連れていってしまったからだ。

そのとき孝太郎は四歳だった。卯市との逃亡を決行した夜、母親であるお栄の異常を察知して、泣き出したのだ。卯市は足手まといになる孝太郎を一緒に連れ出すのには反対していた。

しかし、泣き叫ぶ孝太郎を置いてはいけないというお栄に、卯市は渋々納得したのである。

こうしてお栄、卯市、そして孝太郎の逃避行《とうひこう》が始まった。

三人は最初、本所相生町の裏店に隠れ住んだ。町人として生きるにあたって、孝太郎には孝助と名乗らせた。

ところが、一年半ほど過ぎた頃、卯市は、

——三人一緒だと早晩見つかっちまう。

と言い出した。そして、

——知り合いのいる上州へ行く。

そう言い置いて姿を消してしまった。

卯市は少し女性っぽいほどの二枚目で、日本橋玉屋で最も稼ぐ手代だった。紅白粉や「雲井香《くもいこう》」という名の匂い袋を、商家や武家の妻女に向けて売り歩いていた。実は卯市は、清右ヱ門邸に出入りするようになる前から多くの商家に足しげく通い、複数の妻女を手玉に取っていたのである。

その不義密通が発覚することは一度もなかった。あるいは発覚していても、商家では恥と思い、内密にしていたのだろう。

いつしか傲慢《ごうまん》になった卯市が次に狙おうと思い至ったのが、武家の妻女であるお栄だった。お栄は清右ヱ門に対し、取り立てて大きな不満があったわけではない。ただただ寂しかったのである。清右ヱ門はお役目に熱心で国元に長く戻ったままになることも頻繁《ひんぱん》にあった。お栄は清右ヱ門のお情けが欲しくて、身も心ももだえる夜があった。そんな時、お栄はまんまと、卯市の魔の手——否《いな》、色の手に捕まってしまったというわけである。

武家屋敷には多くの女中や用人らが暮らし、働いていた。奥方であるお栄は、絶えず監視されているに等しい状況であった。卯市との逢瀬《おうせ》が発覚するのは、時間の問題だっただろう。

「馬鹿だったねぇ」

お栄は、寂しそうに窓の手すりに肘《ひじ》をついて呟いた。

「あんな男とは早く別れた方がようござんす」

すかさず九平治が言う。

「そうは思っているのだけどね……。なかなかね」

お栄には、卯市を頼らざるを得ない事情があった。

清右ヱ門の怒りから逃《のが》れるためである。

卯市によると清右ヱ門は、小者の小助《こすけ》と平蔵《へいぞう》をお栄の探索に差し向けたという。

小助と平蔵は、お栄と卯市を見つけ次第、成敗してもよいとの許可をもらっているらしい。しかも、目的は二人の成敗だけではない。孝太郎を探し出し、連れ帰ること。それが清右ヱ門の真の目的だった。

孝太郎は篠原家唯一《ゆいいつ》の跡取りである。もし跡取りがいなければ、篠原家は断絶となってしまう。その憂《う》き目《め》から逃れるために、なんとしても孝太郎を取り戻さねばならないのだ。

卯市は、玉屋の手代として紅白粉などを売り歩いていただけに、市中の情報について詳しい。清右ヱ門が放った探索の手から逃れるために、お栄は卯市の情報が必要だったのである。

「こんなことをお訊きするとなんですが、子どもはいたんですか」

九平治はお栄を見つめた。おそるおそるではあったが、お栄のことはできるだけ知りたいという気持ちが勝っている様子だ。

「子どもねぇ。こんなのが母親じゃあ、子どもは情けないだろうね」

お栄の目に涙が光っていた。

孝太郎のことは、片時も忘れたことはない。裏店で隠れ住むのに精一杯で、母親らしいことは何一つしてやれなかった。

お栄は、自分の身はどうなってもいいと思っていた。身から出た錆《さび》、因果応報《いんがおうほう》だ。しかし孝太郎を巻き込んでしまった愚かさだけは、悔やんでも悔やみきれなかった。

あの時、一緒に連れ出しさえしなければ、今ごろ孝太郎は篠原家の世継ぎとして立派な武士になっていたことだろう。

孝太郎の未来を壊してしまったのは自分だと思うと、お栄は身を切られるほどに苦しかった。

あの夜、孝太郎は泣いた。だから置き去りにできなかった。しかしそれは自分のわがままだ。あのまま置き去りにしていたほうが、孝太郎にとってはどれだけ幸せだったことだろう。

「いたんですね」

九平治が察したように言った。

「いたねぇ。せめて生きているうちに会いたいものだよ」

「今、お子はどこにいるんですか。あっしにできることがあるなら……」

九平治の表情に必死さが浮かんだ。

「ありがとうね。でもね……」

お栄は、六歳の頃の孝太郎の顔を思い浮かべていた。

ある日、卯市が突然、上州から江戸に戻ってきた。

卯市はお栄と孝太郎の住む裏店に顔を出すなり、

――ここにいちゃあ、危ない。

と告げた。

――篠原様の追手《おって》が来る。ここを払って、上州へ行く。

お栄は、孝太郎を連れていこうとした。孝太郎は六歳になっていた。孝太郎がいない生活など考えられなかったからだ。

しかし卯市は、強く反対した。もし孝太郎を連れていくなら殺す——とまで言ったのである。卯市にとって孝太郎は、足手まとい以上の存在だった。孝太郎がいるから追手がくるのだ。清右ヱ門にとってお栄と卯市の命など二の次、三の次である。清右ヱ門が取り戻したいのは、孝太郎だけだった。つまり孝太郎を手元から離せば、追手の追尾もなくなるはずと考えていた。

卯市に従い、お栄は泣く泣く孝太郎を手放すことにした。かくして、裏店で親切にしてくれていた太助、お亀の夫婦に預けることにしたのだ。

——必ず戻ってくるから……。

太助とお亀の夫婦は、お栄が戻ってくるまでちゃんと孝助の世話をすると約束してくれた。お栄はその言葉を信じ、なけなしの金銭さえ提供したのである。

ところが、しばらく後に卯市がこっそりと裏店を覗いてみると、太助お亀夫婦の姿も、孝太郎の姿も消えてしまっていた。以来、孝助のことは一切、お栄の耳に入らなくなった。

「行方《ゆくえ》知れずなんですね」

九平治が目を伏せた。

「本当に愚かな母親だよ。どうしてあの子を手放してしまったのか……。そのことを考えるだけで死にたくなるのさ」

お栄は表情を曇らせた。

——孝太郎を探すために江戸に戻る。

そう言われて上州から江戸に戻ったお栄だったが、その結果、再び卯市に騙《だま》され、海老屋に売られてしまったのである。

「お栄さん、あっしが息子さんを探します」

九平治は真剣な表情で身を乗り出した。

「本当かい」

お栄の表情が僅《わず》かながら明るくなった。

「息子さんに何か特徴はありますか?」

「そうだね、右の耳の後ろに、星に似た形に並んだ珍しいほくろがあるねぇ。町人になって物心ついてからは孝助と名乗らせていたんだが……」お栄は答えた途端に表情を曇らせた。「いや、やっぱり止《や》めておくれ。今のわたしのこんな姿は見せられないからね」

「そうですか……。では、わたしが勝手にすることは許しておくんなさい。では、これで失礼いたします。くれぐれも体にはお気をつけなすってください」

九平治は頭を下げ、お栄の部屋を後にした。

お栄は、九平治が出ていった後をじっと見つめていた。

「孝太郎……」

お栄は両手で顔を覆《おお》い、呻《うめ》くように嗚咽《おえつ》を洩《も》らした。

二

海老屋の部屋から部屋へと渡る廊下を、若い衆の案内で二人の男が歩いていた。

清右ヱ門が放った小者、小助と平蔵だった。

「今日はパッとやろうぜ」

小柄で小太りな小助が言った。

「品川のほうが海が近くて美味《うま》い魚が食えるし、女も吉原より安くていいのが揃《そろ》っているという噂だ。一度はここで遊んでみたかったのよ」

平蔵が言った。

「懐《ふところ》も寂しくなってきたからな」

小助が渋い表情になった。

「しかし、卯市も奥様もどこに消えたのだろうな。上州沼田までは追いかけたが、それっきりぷっつり消えちまった。あれから何年も経《た》っちまったなぁ」

白髪《しらが》頭で鬚面《ひげづら》の平蔵が呟いた。

「孝太郎様を見つけろと殿様に言われたのが、十二年も前だ……」

「あっという間だな。もう三人とも死んじまっているんじゃないのか」

「そうだとしても、その証しを見つけられるといいのだがなぁ」

お栄が卯市とともに失踪して以来、小助と平蔵は清右ヱ門に命じられ、二人の行方を追っていた。発見し次第、お栄と卯市の二人は斬《き》り殺してよいと言われている。孝太郎だけは傷つけずに連れ帰れということだった。

しかし一向に目的は果たせず、時間ばかりが経ち、二人には疲れが目立っていた。

「それにしても、おこう様のお怒りは激しいなぁ」

小助が眉をひそめた。

おこうとは、清右ヱ門の後妻である。

「そうよのう、儂《わし》には孝太郎様を殺してもいいとおっしゃったぞ。褒美《ほうび》はたんと与えるということだった」

平蔵が声を潜めた。

「そうでしょうな。わたしも同じことを耳打ちされたのぉ」

小助も眉根を寄せた。

「殿様が孝太郎様だけは連れ帰れと言っておられるので、困ったものだ」

「まこと、困ったものだ」

「おこう様は、男児には恵まれておられない。清右ヱ門様との間には、ご息女のおさよ様がいるだけだ。孝太郎様が現われ世継ぎになることは、許しがたいのであろう」

「なんでもおこう様は、ご自身のご係累《けいるい》から養子を取り、お世継ぎにしたいとお考えのようじゃ」

「おこう様のお気持ちもわからぬではない。せっかく篠原家に嫁《か》したものの男児に恵まれず、清右ヱ門様はいつまでもお栄様のお子である孝太郎様にご執着《しゅうちゃく》だ。嫉妬もあるであろう。孝太郎様が邪魔だということじゃな。くわばら、くわばら」

「儂らはどっちにつくかの。清右ヱ門様か、おこう様か」

　小助が訊いた。

「孝太郎様がいなくなって早や十二年じゃ。死んでいてもおかしくない。それなら褒美の方じゃろう」

　平蔵が口角を引き上げ、皮肉そうな薄い笑みを浮かべた。

「もっともじゃな」小助も小さく笑った。「しかし、明日おこう様にご報告に上がらにゃならんが、なんとも憂鬱じゃのう」

「その通り、その通り」

　平蔵が相槌《あいづち》を打つ。

「お客様、こちらの部屋でございます」

　若い衆が、部屋の障子戸を開けた。

「おお、なかなかいい部屋じゃ。すぐに酒と女を頼むぞ」

　平蔵が言った。

「へい、承知いたしました」

　若い衆は揉み手をして退《さ》がっていった。

　そのとき小助が廊下の先に目を留めた。中庭の木々の切れ間の向こうに男が立っている。廊下に並べられた幾つかの行燈《あんどん》が、男の姿をぼんやりと照らしていた。

「なあ平蔵さん、あれは卯市じゃないか」

小助が前方を指さした。

「うん、なんだって」平蔵は、気乗りしない様子でちらりと小助の指さした方向に視線を送った。「他人の空似《そらに》だ。卯市がこんな人目に触れるところにいるわけねえぞ。さあ、さっさと部屋に入り、酒を飲もう」

平蔵は言い置くと、部屋に入ってしまった。

「そうかなぁ。似ているんだが……」

なおも小助は諦めきれない様子だ。

平蔵が部屋の中から顔を出した。

「あいつは儂らが追っていることを十分承知している。だから上州から越後《えちご》に逃げたっていう噂だった。堂々と品川の旅籠で女郎と遊んでいることはねぇよ。さあ、さっさと入りな」

そう言って、小助の着物の裾を摑んだ。

「わかった、わかった」

小助は平蔵に引っ張られるまま、部屋の中に消えた。

三

卯市は、なにやら気配を感じていた。自分を見つめる鋭い視線である。

卯市は長い間、日本橋の玉屋で働いていた。丁稚から手代にまで進み、近く番頭に昇格するはずだった。

その間に身につけたのが、人の顔色を見る能力と、気配を感じる能力である。絶えず主人や先輩番頭らの顔色を窺《うかが》い、手代になって客のところに足を運べば客の顔色を窺っているうちに、自然に身についた。それが人一倍であるため、出世もし、そして今日まで篠原清右ヱ門が放った追手から逃れることができているのだ。

まさか……と思ったが、警戒しながら振り向き、中庭の木々の間から廊下の先に視線を送った。そこに二人の男が立っていた。行燈の灯りではっきりはしないが、彼らもこちらを見ているようだった。

いけない……と思い、一度はこの場から立ち去ろうとしたが、ここで慌ててはなるものかと、じっと我慢して動かずにいた。何事も起こらなかった。二人の男は、しばらくして部屋に消えた。

「やつら、清右ヱ門の手先じゃなかったのか」

卯市は、ほっと息を吐いた。

かつてお栄を連れて上州沼田に逃亡した卯市は、追手を警戒して名を佐吉《さきち》と変え、地元の老舗《しにせ》小間物屋葛城屋《かつらぎや》に潜りこんだ。卯市は二枚目であり客あしらいも上手《うま》く、すぐに店主から認められた。

当然ながら卯市は、お栄の存在を秘密にし、独り身であると偽《いつわ》っていた。まさか武家の妻女と密通し江戸を追われたなどとは、微塵《みじん》も表に出さなかった。

お栄は卯市とは別の家に住み、お互いが他人の振りをして暮らしていた。

卯市の生来の女好きが鳴りを潜めることはできなかった。

葛城屋には娘がいた。年は十六歳である。主人は娘に養子をとって跡を継がせたいと考えていた。そこで目をつけたのは佐吉こと卯市だった。その働きぶりを評価した主人は、卯市を養子にして、葛城屋の跡継ぎにしようと思いついた。

実は、娘も卯市のことを憎からず思っていたのである。そのことを知った卯市は、すぐさま娘に手を付けた。娘は、たちまち卯市にぞっこんとなってしまった。

やがて主人は卯市に「佐吉、養子にならないか」と相談した。

待ってましたとばかりに話を受け、すっかり跡継ぎ気分になった卯市にとって、邪魔な存在となったのはお栄である。お栄をなんとかしなければ、跡継ぎに収まることはできない。

悪だくみに長《た》けた卯市は、お栄を江戸に連れ出すことにした。江戸には、卯市の悪い仲間が多い。上州に逃げてからも追手の情報を得るために、彼らとは関係を切らずにいた。

——お栄、江戸に行くか。

——えっ、いいの、お前さん。

卯市の提案を聞いたお栄は、たちまち表情を明るくして喜んだ。

——孝助を探そう。ここでの暮らしも安定してきた。孝助を呼んで、三人で暮らそうじゃないか。

——嬉しい。

卯市を疑うことも知らないお栄は、表情を綻《ほころ》ばせた。

まんまとお栄を江戸に連れ出すことに成功した卯市は、お栄とともに品川の旅籠に入った。旅籠といえば聞こえがいいが、女郎屋を経営する旅籠――海老屋だった。

海老屋の主人と卯市は、昔馴染みだった。お栄の出自が武家であることを伝えると、主人は二つ返事で五〇両もの大金を卯市に支払った。

まんまとお栄を売り払った卯市は、上田に戻った。五〇両という大金が卯市の懐を温めていた。

葛城屋の娘と祝言《しゅうげん》をあげ、養子に収まった卯市だったが、うまい話はそう長く続かなかった。

葛城屋の跡継ぎとなってしばらくは大人しくしていた卯市だったが、やがて店の金を持ち出しては博打に手を出すようになったのである。

上州は、地場のヤクザが仕切る非公認の賭場《とば》が多く開かれていることで有名だ。

卯市は真面目な顔をして働く振りをしながら、賭場への出入りを繰り返した。お栄を売った代金の五〇両が底をつき、店の金に手を付けるようになるまで、そう時間はかからなかった。

卯市の行状に主人はうすうす気づいていたが、娘が卯市にぞっこんであるため、勘当《かんどう》を言い渡すこともできずにいた。

それから数年が経った。

ある日のこと、卯市が留守の際に、二人の男が葛城屋を訪ねてきた。

清右ヱ門の小者、小助と平蔵である。

――ここに、こんな男がいると聞いたのですが。

小助が主人に人相書《にんそうが》きを見せた。それは跡継ぎの佐吉に瓜《うり》二つであった。

「そんな男は知らない」と白《しら》を切ろうとしかけた主人だったが、ある考えが閃《ひらめ》いて思い留まった。

もし佐吉が罪を犯しているなら、それを理由に店から追い出すことができる。娘は嘆《なげ》くかもしれないが、幸いまだ子どもはできていない。この機会を逃すわけにはいかない。

――これは佐吉に似ていますなぁ。この男が何かしたのですか。

主人は惚《とぼ》けた顔で小助に訊いた。

――佐吉さん、ですか。

――はい。

――その佐吉さんは、どこにおられますか。

――今、お得意様のところにやっております。うちの佐吉に、なにか不都合なことでもありましたでしょうか。

――我が殿の大切なものを盗んで逃げたのでございます。

小助が答えた。

――我ら二人は殿のご命令により、その者から大切なものを取り戻す役目を負ってございます。ご主人は何もご存じないかと思いますが、こやつが名乗っておる佐吉という名は偽りで、実は卯市と申します。今こやつが出かけております取引先は、どちらでございましょうか。我らはそこへ向かいます。

主人は驚いて目を瞠《みは》った。

――ここから一里ほどありますので……。ここでお待ちになった方がよろしいのではないでしょうか。

――では、そうさせていただきましょう。

小助と平蔵は、主人の招きで店先の縁台に座って、卯市が戻ってくるのを待つことにした。

この話を陰で聞いていたのは、卯市の妻となった娘である。佐吉とばかり思っていた男が、江戸で不始末を起こした卯市という名の男であると知り、どうしていいか分からなくなってしまった。

悲しい女の性《さが》が、娘を卯市の下に走らせた。

娘は周囲に気づかれぬようこっそりと、屋敷を飛び出したのである。

何も知らず暢気《のんき》に帰路についていた卯市は、向こうから血相を変えて妻が駆けてくるのを認めて、余裕の笑みを浮かべた。

——おいおい、お前、いったいどうしたんだ。

息を切らした妻は、しばらく言葉も発せられなかった。

——落ち着いて。何かあったのかい。

——何かあったのかい、じゃないですよ。

ようやく息を整えた妻が言った。

——江戸から、二人の男があんたを捕まえにきているよ。

——えっ、なんだって。本当か。

——本当も何も、そんな嘘をつくはずがないじゃないですか。あんた、いったい何をしたのですか？

妻は泣きながら抗議した。

――何もしていない。信じてくれ。

卯市はとっさに嘘をついた。

――それでどうなさるの？

――捕まるわけにはいかない。このままここを離れて、越後に行く。

――越後？　わたしも行く。

――ダメだ。お前を連れていくわけにはいかない。旦那様にはよろしく言ってくれ。これは道中の費用にもらっていく。

卯市はお得意様から集金した数十両を懐に入れて踵《きびす》を返し、疾風《しっぷう》の如《ごと》く駆け出した。

――あんた！

妻の声が背中に届いたが、卯市は振り返りもしなかった。

その後、卯市は上州に足を踏み入れていない。妻には越後に行くと言ったが、人の多いところに身を隠すのが一番だと思い至り、江戸に戻った。それからは、この品川で暮らしている。

逃げ隠れてひっそりと暮らすのは卯市の性《しょう》に合わない。懇意にしている海老屋の主人に雇われ、女衒まがいのことをして暮らしているのだった。

この海老屋にお栄がいることはわかっている。主人によれば、なかなかの人気女郎なのだという。

品川に逃げてきた際、海老屋の主人に挨拶をした。当然、お栄にも会った。お栄はすっかり女郎になり果てていた。

かつては清楚《せいそ》で凜《りん》としていたのだが、すっかり崩れてしまっていたのだ。

部屋に入ると、お栄は首筋から肩にかけて真っ白に白粉を塗り、赤い襦袢を崩れたように着て、それを白い紐帯《ちゅうたい》で結び、膝頭が覗くまで裾を割った姿で座っていた。

——俺のことを恨《うら》んでいるだろう。

卯市は、申し訳なさそうに言った。

——ふん。

お栄は鼻を鳴らして、卯市とは視線も合わさなかった。

——恨みも何も彼岸《ひがん》に置いてきましたよ。あなたのような人に惚れてここまで堕《お》ちるのは、わたしの自業自得《じごうじとく》と心得ております。

——そうかい、すまねぇ。お前をこんな苦界《くがい》に堕としちまったのは、俺のせいだ。絶対にここから救い出してやるから勘弁してくれ。

卯市が謝ったその途端、卯市の頰を、お栄の右手が鋭く打った。パチンという音が弾けて部屋に響く。

――いい加減なことを言わないでおくれ。

お栄は卯市を睨んだ。

――わたしはあんたを殺したいくらいなんだ。

卯市の呼び方も「あなた」から「あんた」に変わっていた。

――わかった。本当にすまねえと思っている。孝助は必ず探すからな。

――もう、出ていっとくれ。

孝助の名を聞くとお栄は着物の袖で顔を覆い、その場に泣き伏した。

――達者でな。

部屋を出た卯市は、先ほどまでの殊勝《しゅしょう》な顔つきを一変させ、内心で毒づいた。

――へっ、何が殺したいだよ。こっちが殺したいくらいだ。武家の女だからって、どんな味がするかと思って深入りしたのが運の尽き。俺と一緒じゃなけりゃ死ぬとまで言いやがるから情けをかけていたっていうのに、こっちまで足を引っ張られ、泥沼に引きずり込まれてしまった。あんな女に関わっていなけりゃ、今頃、日本橋辺りでいっぱしの店《たな》を構えていただろうさ。お栄こそ、俺にとっちゃ貧乏神そのものだ。一旦この世界に身を沈めたら、死ぬまで抜け出すことはできねぇ相談だ。俺に惚れたばっかりに、哀《あわ》れな女よのぉ……。

卯市が品川に逃げ込んでから、早や数年が経つ。

卯市は、ぴたりと閉じられたお栄の部屋の障子を見つめた。

「この品川も長くなった。そろそろどこかに移らないと、追手に見つかるかもしれねえな」卯市はぽつりと呟き、先ほどの二人の男がいた辺りに視線を送った。

「その前にひと儲《もう》けしないとな」

今や女衒まがいの仕事で羽振りを利かせ、いっぱしの悪《わる》になっている。色男ぶりと甘い言葉で若い娘を騙し、何人も女郎として売り飛ばし、口銭を稼いでいたのだ。

卯市は、作州浪人《さくしゆうろうにん》の漆原源三郎《うるしばらげんざぶろう》を待っていた。

源三郎は、歌舞伎《かぶき》役者と見紛《みまご》うほど二枚目の優男《やさおとこ》である。

源三郎が本当の武士であるかどうか、卯市もよくは知らない。そんなことはどうでもよかった。肝要《かんよう》なのは、源三郎もまた金に飢えた悪《わる》であることだった。

海老屋の楼主を通じて知り合った卯市と源三郎は、悪《わる》は悪《わる》同士、たちまち意気投合したというわけである。

二人は、ある悪だくみを企《くわだ》てていた。

最近「養生糖」で羽振りがいいと噂の日本橋の薬種問屋「養生屋」。その一人娘であるおみつを拐《かどわ》かして、少なく見積もっても五〇〇両程度の身代金を得ようという計略である。

養生屋に目をつけたのは、その繁盛《はんじょう》ぶりが半端ではないからだ。「養生糖」の売り出しで連日の大盛況なのだ。大儲けしているに違いないと卯市は考えた。そして調べてみると、年頃の一人娘がいて、主人が目の中に入れても痛くないほど可愛がっているというではないか。「これは、いける」と卯市は確信したのである。

当然ながら拐かしがバレれば、拷問《ごうもん》、打ち首に処されることは間違いない。

しかし、惚れた腫《は》れたで色男の源三郎と道行《みちゆき》をしたというなら、養生屋もおいそれと奉行所に届けるわけにはいかないだろう。

源三郎なら必ずおみつの心を捉《とら》まえてくれるはずだ。

卯市は、源三郎の到着を今か今かと待っていた。

「こんな廊下で待っていても仕方がない。部屋に入るとするか」

卯市は障子戸を開けた。その際、再び、二人の男がいた辺りを見た。

「なにごとも潮時ってのがあるってもんだ」

卯市は独《ひと》り言《ご》ちた。

四

「旦那様、旦那様」

おこうは、清右ヱ門を呼んだ。

「なんだ、うるさいぞ。そんなに大きな声を出さぬとも聞こえておる」

庭に出ていた清右ヱ門は、渋い表情をおこうに向けた。

清右ヱ門を見つけたおこうは、庭を見渡せる縁側に正座した。

庭には池があり、その傍には枝ぶりのいい松が空に伸びていた。清右ヱ門は、池にかけられた石橋の上から、鯉《こい》に餌《えさ》を与えるのを日課にしていた。

「明日、小助と平蔵が参ります」

「うん、そうだな」

清右ヱ門は、鯉に餌を与えながら返事をした。

おこうの苛立《いらだ》った声から、言わんとすることの察しはついていた。そのため目を吊り上げたおこうの顔を見たくはなかったのである。

「そうだな、ではございません。いったいいつまで孝太郎をお探しになるおつもりですか。もう十二年にもなるのです」

「ほう、そんなになるかの」

清右ヱ門は、おこうの顔を見ない。ますますおこうは苛立ちを募《つの》らせ始めた。

「費用も馬鹿になりませぬ。あの二人は、何の成果も出せていないではないですか。無駄遣いでございます。もう言いなりにお金をお与えなさるのはおやめくださいさい」

「報告を怠っていないから、よくやっているのではないか」

「なんのなんの、よくやっているなどと、よく申されますな。あの二人は何もしておりませぬ。もう孝太郎はお諦めくださいさい」

おこうは声を強くした。

清右ヱ門は、鯉への餌やりをぴたりと止めた。そしておこうに振り向き「それはならん」と言い切った。

「なぜでございます。孝太郎は、旦那様を裏切ったお栄様の血を引いているのですよ。孝太郎に跡継ぎの資格などございません。それよりは、養子を取った方が、およろしいかと。わたしの母方の伯父《おじ》に良き男の子《おのこ》がおりますが……」

おこうは少し遠慮気味に言った。清右ヱ門が怒っているのは、その表情から明らかだったためである。

清右ヱ門は石橋を降り、敷石を踏みながら、おこうの座る縁側に歩み寄った。

おこうは姿勢を正した。膝に手を置き、微動だにせず清右ヱ門を睨みつけている。

清右ヱ門が一向に孝太郎を諦めないことに、おこうは強い憤《いきどお》りを覚えていた。

お栄が卯市と共に姿を消してから数年後、清右ヱ門の後添《のちぞ》えに入ったのがおこうだった。

おこうは日本橋随一の大手薬種問屋「いわし屋」の娘である。一度、商家に嫁したものの、夫が急死したため実家に戻っていた。おこうの母は有力な旗本の出である。そのため「いわし屋」は公儀御用達《ごようたし》の特権を持っていた。

清右ヱ門自身もお栄に逃げられた身。後添えということもあり、清右ヱ門は一度他家に嫁したおこうを受け入れた。いつまでも寡夫《かふ》暮らしをするわけにはいかなかったからというのがその理由の一つだが、おこうの実家「いわし屋」の財力に惹《ひ》かれなかったといえば嘘になる。篠原家は八〇〇石取りとはいうものの、何かと物入りであり、決して財政的に余裕があったわけではない。おこうを妻に迎えることで、篠原家は安定したのである。

おこうは、いつまでも孝太郎を諦めない清右ヱ門に怒りを覚えていた。ひいては前妻お栄のことをいまだに清右ヱ門が忘れていないのではないかと疑うようになっていたのである。

これだけ篠原家のために尽くしているのに、と思うと、おこうは悔しくて身が捩《よじ》れ、心が破裂しそうになる。苦しくてたまらない。おこうはこの悔しさを晴らすためにも篠原家を自分の血筋で支配したいと考えていたのである。

しかし、もし孝太郎が戻ってきてしまえば、おこうの企みは実現しないばかりか、おこうが邪魔者になってしまうかもしれない。それに、お栄に似ているであろう孝太郎の継母《ままはは》になることなど、耐えられない。そこでおこうは、小者の小助と平蔵に対し、清右ヱ門の目を盗んで「孝太郎を見つけた場合は殺して欲しい」と頼んでいたのだった。

それから十二年もの間、お栄も孝太郎も行方知れずである。孝太郎は、もうこの世にいないと考える方が適当であろう。

「のう、おこう。わたしはお前の気持ちがわからんでもない」清右ヱ門が怒りに顔を歪めながら言った。「しかし孝太郎は、わたしの血を引くたった一人の男の子だ。生きているなら孝太郎に跡を継がせたい。というより、お栄に連れていかれ、今頃どんな暮らしをしているかと思うと不憫《ふびん》でならん」

青山下野守の江戸上屋敷勘定方という重責にありながら、清右ヱ門は尊大にならず、情に厚い人物として知られていた。藩の上役下役ばかりではなく、身分の低い屋敷で働く下男下女にも心配りを忘れない。

そうした態度が、屋敷に卯市を自由に出入りさせることになり、まんまとお栄と孝太郎を連れ去られるという結果を招いてしまったのだ。

「旦那様のお気持ち、このおこうはよくわかっております」

おこうは目頭《めがしら》に襦袢《じゆばん》の袖を当て、滲み出る涙を拭った。

「わかってくれるか」

「あえてお訊きいたしますが、お怒りにならぬようお願いします」

「何のことじゃ」

「まさかお栄様のことをいまだに慕《した》われているのではありますまいな」

「ばかなことを申すではない。お栄はわたしを裏切り、恥をかかせた女である。慕うようなことは断じてない。小助にも平蔵にも、孝太郎を取り戻すためなら、お栄を見つけ次第、成敗してもかまわぬと申しつけておる」

清右ヱ門は苦しげな表情を浮かべ、強く否定した。

「わかりました。お栄様の事は申し上げませぬ。しかしながら孝太郎は、もはやこの世にはおられぬのではございませぬか。これだけ探して見つからないのでございますから」

おこうは清右ヱ門から顔を背《そむ》けて言った。

「そうかもしれぬ。しかしそうであれば、その証しが欲しい。どうにもまだ諦めきれぬのだ。もうしばらく時間をくれないか」

清右ヱ門は項垂《うなだ》れた。

もし、おこうが清右ヱ門の態度に愛想《あいそ》を尽かし「いわし屋」に戻るようなことになれば、篠原家の財政はたちまち困窮《こんきゅう》してしまう。おこうの怒りはどうしても収めねばならなかった。

「では明日、小助と平蔵が報告に参ります。そこで何も新しい知らせがなければ、探索打ち切りの期限を小助たちにお伝えくださいませ。お約束ですぞ」

ここぞとばかり、おこうは迫った。

「わかった。そうしよう。その際には養子の受け入れも考えるからの」

清右ヱ門はおこうの顔を見ることなく体を翻《ひるがえ》し、再び池の方に歩き出した。

池の鯉を眺める時だけが、心休まるのだろう。

――旦那様は、ああおっしゃっておられるが、ひょいと孝太郎が顔を出した途端に、孝太郎を跡継ぎにするとお考えを改められるに違いない。そうならないためにも、なんとしても孝太郎を亡き者にせねばならぬ……。

おこうは清右ヱ門の後ろ姿を見つめながら、暗い考えに耽《ふけ》っていた。実は、おこうにとって居場所は篠原家しかない。実家のいわし屋は兄が既に跡継ぎとなる男子を授《さず》かっているため、おこうが出戻っても歓迎されるはずがない。二度も出戻るおこうを温かく迎え入れるはずがないだろう。おこうは何としても篠原家の中に確固たる居場所を築かねばならないのだった。

「いったい孝太郎はどこにいるのであろうか。死んでいてさえくれれば、旦那様もお諦めになるのだが……」

おこうは、清右ヱ門に聞こえぬほどの小声で呟いた。

第四話　悪事

さて皆さま、江戸時代、日本橋本町に薬種問屋が集まっていた理由をご存じでしょうか。江戸の街をつくるにあたって徳川家康《とくがわいえやす》は、多くの職人や商人たちを呼び寄せたのですが、その際、薬種商は日本橋本町に集まるようにしたのだそうであります。

江戸の中心である日本橋本町に薬種商を集めたというのは、家康も庶民の健康を重視していたということでありましょうか。

江戸の庶民は健康に気を遣っていたようで、薬種問屋は増えに増え、江戸全体では二五〇軒もあったようでございます。現在のドラッグストアの賑わいのようであります。

薬種商では、甘草《かんぞう》、大黄《だいおう》、芍薬《しゃくやく》など漢方の材料を様々な症状に合わせて調合したり、目薬、軟膏《なんこう》、飲み薬など既成の薬を販売したりなどしておりました。

庶民にとって薬は貴重で高価でありました。そこで「薬九層倍《くそうばい》」といって、薬種商が暴利をむさぼっていると揶揄《やゆ》する言葉まで生まれました。

とりわけ有名な店に「いわし屋」がございました。「白龍膏《はくりゅうこう》」という傷薬が評判でございました。

「生娘《きむすめ》に懲《こ》りて白龍膏を買い」

粋な男が若い女性に声をかけたところ頬を引っかかれ、その傷口に「白龍膏」を塗る様《さま》をからかったものでしょう。

「いわし屋」の系列は現在も脈々と続いているようでありますが、薬種商なのに魚の名を冠するのは奇妙であります。その名の由来は、先祖が、もともと大坂堺《さかい》の網元であったからだそうであります。

篠原清右ヱ門の後妻おこうは、その「いわし屋」の娘でありますが、孝太郎、すなわち孝助を排除して、自分の係累を篠原家の跡取りにしようと考えております。

それぞれの思惑《おもわく》が絡み合って、孝助を巡る物語は続いてまいります。

一

「養生糖」で大変な評判を博している養生屋の店先には、多くの客が押し寄せていた。

孝助は手代として丁稚たちを差配しながら、客をさばいていた。忙しくても丁寧、親切な応対を心がけ、丁稚たちにもそれを徹底していた。

孝助の接客には、もう一つ、評判を呼ぶものがあった。それは、まるで医者のように客の体調を診察できることである。医者の徳庵から仕込まれた技術だった。

医者になるのに公儀の免許は不要であるが、さりとて誰もが名医になれるわけではない。名医になるためには「望診」「問診」「聞診」「切診」の能力が必要だった。

望診とは、患者の動き、顔色、舌の状態など、目で見て診断すること。

問診とは、患者への質疑応答を通して診断すること。

聞診とは、患者の息遣い、話し方、口臭などから診断すること。

そして切診とは、患者に直接触れることで診断することである。

切診には、腹を触る「腹診」と、脈を調べる「脈診」がある。

孝助は、特に脈診を得意としていた。手首の動脈から脈を測り、その動き、勢いなどから体の内部の盛衰《せいすい》を知るのである。

薬を買い求めにくる客たちの中には、孝助に脈を取ってもらったうえで薬を調合してほしいと希望する者がいた。

「ねえ、孝助さん、どうも具合が悪いのよ」

髪を島田《しまだ》に結《ゆ》い、色鮮やかな花をあしらった着物を着た大店の娘らしき客が孝助に近寄ってきた。傍には、娘の荷物を抱えた供連れの年配の女中がいる。女中は、娘の行動の監視役も担っているのだった。

娘は養生屋の馴染み客であり、孝助のことを憎からず思っている様子である。

「どんなお具合ですか」

孝助が訊く。

「朝、起きるとだるいのよ」

「それはいけませんね。気血水《きけつすい》が不調なのかもしれません」

気血水とは、体内の循環系を意味している。これがどこかで滞《とどこお》ると、体調が乱れるのである。

「孝助さん、脈を取ってよ」娘は着物の袖をまくると、白くて細い腕を孝助に差し出した。「本当はお腹をさすってもらいたいのだけど、店先じゃね」

そう言って、さも物欲しげな目を孝助に向けた。

「お嬢様、お店の方はお忙しいのですよ」

女中が窘《たしな》めると、娘は恨《うら》めしそうな顔で女中を睨んだ。

「だって……。病気かもしれないでしょう」

娘は、差し出した腕をさらに孝助に近づけた。

「ようございます。脈を取らせていただきます」

孝助は困惑した表情を浮かべながらも、娘の手首をつかんだ。

「ええっ」と娘は小さく声を洩らし、頬を一気に赤らめた。「どきどきしてきたわ」

孝助は神妙な顔で脈を測る。

「どうかしら」

「少しお腹の動きが鈍《にぶ》いようでございます。それが水の流れを留めておりまして、ご不調の原因かと存じます」

孝助は言葉を選んだが、娘の不調の原因が「便秘」であると診断したのである。

娘は、ぽっと顔を赤らめた。

「あら、どうしましょう」

「お腹を温められて、あまり食べ過ぎず、麦や芋《いも》なども召し上がられた方がいいでしょう。それでもよくならない際には、こちらの薬をお飲みください」

孝助は店の奥に行き、薬を取り出してきた。

「これは大黄甘草湯と言いまして、お腹の不調に効果がございます。あまりきつい薬ではございませんから、安心してお使いください。お湯で煎《せん》じて、ご就寝《しゅうしん》される前にお飲みください」

孝助は娘に薬を手渡した。

「ありがとうございます。必ず飲みますから」

娘は薬を受け取ると、隣にいる女中に手渡した。

「では、わたしはこれで失礼します」

孝助は娘に礼をすると、他の客の方に向かおうとした。

「また来ていいかしら」

娘は孝助を引き留めるかのように声をかけた。

「勿論ですが」孝助は振り返り、優しげな笑みを見せた。「わたしどもは薬屋でございましてね。あまりご不調になられないほうが良いかと存じますが……」

そう言って笑顔で娘を見送った。

そこへ丁稚の末吉が孝助に寄ってきた。

「あのお嬢さん、孝助さんにご執心ですね」

末吉は一時、病に臥《ふ》していたが、孝助が考案した「養生糖」のお陰ですっかり回復していた。

「馬鹿なことを言うんじゃありませんよ」

「いえいえ、養生屋におみえになるお客様の多くは、孝助さんが目当てだと言ってもいいくらいですよ。孝助さんに会うだけで、薬を飲まなくても調子がよくなるって」

末吉は笑った。

「ほらほら、あっちでお客様がお呼びですよ」

孝助は、末吉の与太話《よたばなし》に付き合っていられないとばかりに、その場を離れようとした。

その時だ。

養生屋と隣の店との間の路地に、おみつが立っているのが目に入った。

おみつは、養生屋の主人五兵衛の一人娘である。歳は十六で、五兵衛は目の中に入れても痛くないほど可愛がっている。

どうやらおみつは、人目を避けるように隠れているようだった。

その傍《かたわ》らには、紺の小袖に帯刀している男がいた。羽織や袴《はかま》を省いた着流しの姿を見ると、どこかの屋敷に奉公している武士ではないだろう。月代《さかやき》はなく、髪を後ろに束ねている。色白で、目鼻立ちがきりりとした役者のような男だ。年の頃は二十代の後半から三十を少し過ぎたところだろう。

おみつが男と親しそうに話し、時折、笑っている。

「あいつ、時々、お嬢様と会っているようですね」

末吉が囁いた。

「どこのお方か知っているか」

孝助は聞いた。

「いいえ、存じません。あの風体《ふうてい》を見ると、どこかに仕官している様子はありませんね」末吉はしたり顔で言った。「でも、なんだか親しそうですね。お嬢様と
……」

「孝助、孝助」

店の奥から呼ぶ声がする。五兵衛だった。

「はい、今すぐ参ります」

孝助は、おみつの様子に後ろ髪を引かれながらも、五兵衛の下へ急いだ。

おみつは一人娘にありがちな、勝ち気でわがままなところのある女性だった。孝助はおみつを好ましく思っていた。どちらかというとおとなしく真面目な孝助にとって、明るく活発なおみつは眩《まぶ》しい存在だったのである。

おみつも仕事熱心な孝助を憎からず思っている様子だった。

孝助は想いを告げたい気持ちはあったのだが、身分の差を考えてしまう。手代として雇われている身である。いくらおみつを好ましく思っていたとしても、どうにかなるものではなかった。

孝助は、後ろを振り向いた。さきほどまでおみつがいた路地には、だれもいなかった。おみつも、男の姿もない。

孝助の胸に重苦しいものが痞《つか》え、気分の悪さがこみ上げてきた。

同時に、胸騒ぎも……。

二

「お前が余計なことを言うから、清右ヱ門様を期待させてしまったではないか」

平蔵が不満顔で詰った。

「おぬしが『新しい事実は何もございません』と報《しら》せた時の、清右ヱ門様の顔を見たか」

小助が真顔で返した。

「ああ、ちょっと怖かったぞ」

「そうだろう。反対におこう様は、薄ら笑みを浮かべておられたぞ。あれはどんな意味かわかるか」

「おこう様としては、孝太郎様の探索をやめて欲しいと思われているからだろう」

「次の報告までに何の成果も得られないとなれば、探索が打ち切りになると言われてしまった。だから儂《わし》は咄嗟《とっさ》に『品川で卯市に似た者を見た』と言ったのだ。考えてもみろ、清右ヱ門様から探索のお役目を仰《おお》せつかっているからこそ、こんなに金を使えるのだぞ」

小助はしたり顔で言った。

「まあ、そうだな」

平蔵も納得した。

「これからは海老屋で張り込むんだ。女とも遊べる機会が増えるぞ」

小助が、にやりとした。

「お前は酒と女しかないのか。愚かなことを考えるな。お屋敷も、なかなか厳しいのだからな」

「わかっておるよ。おぬしは真面目じゃのぅ。あまり深刻に受け止めるな」小助は声に出して笑った。「さあ、海老屋に行くぞ」

小助と平蔵は、屋敷の門から出ようとした。

その時、背後から「小助、平蔵」と呼ぶ声が聞こえた。

声の主がおこう様だと気づき、二人は慌てて振り向いた。

おこうは庭の松の木の陰に隠れるようにして、二人を手招きしている。

何事かと思い、二人はおこうに近づいた。

「おこう様、なにか」

平蔵がかしこまって聞いた。

「もうちと、こちらにおいでなさい」

おこうが手招きする。

二人は顔を見合わせ、わずかに怯《おび》えたような足取りでおこうに近づいた。

おこうは、松の木に半身を隠したままだ。

「お前たちに確認するが、卯市に似た男を見たというのは本当なのかぇ。旦那様があまりにお喜びなさったので、口を挟むわけにはいかなかったのだよ」

おこうは小声で話した。

小助は、平蔵の顔を不安げに見つめた。そしておこうに向き直ると、渋面《じゅうめん》を浮かべてみせた。

「実は、あんまり自信はござらぬ。あの場では殿様を喜ばせたい一心でございましたから」

「おや、そうかい。そうだったのかい」

おこうは顔を綻ばせた。

「ですから、今から品川に参りますが、卯市を見つけられるかどうかはわかりませぬ」

平蔵が困りきった顔を見せた。

「よくわかりました。しかし、そうは言うものの、世の中にはもしもということがある。お前たちが卯市を見つけ、その結果、孝太郎の居所を摑んだら……」おこうは、じろりと二人を睨みつけた。「わかっているでしょうね」

神妙な顔でおこうの話を聞いていた小助と平蔵は、ごくりと生唾を吞み込み、深く頷いた。

「はい。承知しておりまする」

「それならよろしい。早う、行きなさい」

おこうは二人を追い払うように手を振った。

二人は逃げるように門から外へと飛び出した。駆けながら二人は顔を見合わせ、「困ったことじゃのう」と言い合った。

三

「さすがだねぇ」

卯市は料理茶屋梅川《うめかわ》の一室で、漆原源三郎と差し向かいで酒を酌《く》み交《か》わしていた。

料理は会席と銘《めい》打《う》ってはいるものの、最近人気の豆腐田楽《とうふでんがく》や蕪《かぶ》の煮物、そして江戸前の鰻《うなぎ》の蒲焼《かばや》きである。それらを肴《さかな》に、酒を飲んでいる。

通常は酌婦《しゃくふ》が来るのだが、卯市はそれを断わった。部屋には、卯市と源三郎の二人きりしかいなかった。

「まあな」

源三郎は口角を引き上げ、薄笑いを浮かべている。

「こうやってまじまじあんたを見ていると、男の俺でさえむしゃぶりつきたくなるような、いい男だなあ」

卯市は、盃《さかずき》をくいっと空けた。

「よしてくれ。お前にむしゃぶりつかれた日には気味悪くてしかたがねぇ」

源三郎は笑いながら盃を干した。

「養生屋のおみつを、もう落としたのかい」

卯市は下卑た顔を見せた。

「まだだ。時間の問題だが、そんなことより金だよ。金さえあれば、おみつなんてしょんべん臭い娘っ子より、もっといい女はいくらでも手に入る」

「そりゃそうだ。お前の言う通りだ。早く仕事にかからないとな。俺もまずい」

卯市は鰻の蒲焼きに箸《はし》をのばした。

「まずいってことは、追手が迫っているのか」

源三郎は豆腐田楽をつまんだ。

「ああ。以前あんたに話したように、武家の女に手を出してしまってな。その場で、この首が」卯市は右手を首に当て、切るように撫でてみせた。

「胴と泣き別れになっていても文句は言えねえ」

「馬鹿なことをしたものだ。一盗《とう》二婢《ひ》三妾《しょう》四妓《ぎ》五妻《さい》とは言うが、武家の妻女はまずい。まあ、お前は女を転がすのが上手いからな」

「そんなに悪褒めしないでくれよ。それで追われる身となったわけだ」

「それにしても随分と執着の強いお殿様だな」

源三郎の目が光った。他に理由があるのだろう、という顔だ。

「これは話していなかったのだが、その女にはガキがいたんだ。女と逃げる時についてきやがったんだ。実はそいつは、その家の一人息子だったんだよ」

卯市は手酌で盃に酒を注《つ》いだ。

源三郎が豆腐田楽を口から離し、驚いたような目で卯市を見た。

「お前、そのガキを殺したんじゃねえよな」

「滅相《めっそう》もない」卯市は大げさに否定した。「俺は、女は騙すが、人は殺さねえ」

「ではそのガキはどうしたんだ」

「知らねえ」

卯市は頭《かぶり》を振った。

「知らねぇって、お前……」

「女と逃げる時に足手まといになったから、長屋の知り合いに預けて、それっきりさ」

　卯市は盃を干した。

「置き去りにして女と逃げたってわけか」

　鰻に箸をつけながら、源三郎が言った。

「そういうことだ。もう今頃は死んじまっているに違いないが、殿様は生きていると信じ、俺たちを探し回っているというわけだ。殿様の手先に見つかれば、妻女との密通に加えて息子を拐かした罪で、俺は首を刎《は》ねられるのは間違いねえ」

「ガキの行き先は、全く分からないのか」

「ああ、分からない」

「それを見つけて殿様に届け出れば、金になるんじゃないか」

　源三郎が唇を歪めた。

「馬鹿言うんじゃない。金は金でも、刀の金《かね》をもらうことになるぞ」

　卯市は徳利《とっくり》を倒した。酒がなくなったのだ。

「まあ、そうだろうな……。それで、本当に追手が近づいているのか」

「ああ、そんな気がする。俺が今まで生き延びてこられたのは、この警戒心の強さのお陰だ。どうも危ない気がするんだ。それで仕事を急ぎたい」

「わかった。おみつを拐かして、五〇〇両が手に入れば、江戸を離れることとしよう」

源三郎も徳利を倒した。そろそろ謀議《ぼうぎ》も終わりだ。

「頼んだぞ。お前は、女を拐かして、用意した家に連れ込んでくれればいい。あとは、俺が万事、上手くやる」

卯市が鋭い目つきで言うと、源三郎は小さく頷いた。

「さあ、話は終わった。景気づけに女を呼んで、賑やかにやるとするか」

卯市は、部屋の外にも聞こえるように、強く手を叩いた。

源三郎も部屋の戸を少し開けると、声を張り上げた。

「おぉい、酒と女だ」

四

孝助は、おみつの様子を窺っていた。そわそわして、浮き足立っているように見える。

今日もおみつは習い事から帰ってくるなり、いそいそとどこかに出かけた。そして今しがた帰ってきたのだが、「お帰りなさい」と孝助が出迎えても心ここにあらずで、奥の部屋に入ってしまった。

主人の五兵衛にこのことを伝えるべきか、孝助は悩んでいた。

「孝助、孝助」

帳場から五兵衛が呼ぶ声がした。

「はい、ただいま」

孝助は悩みを吹き飛ばすためにも明るく返事をして、五兵衛の下へと急いだ。

「孝助、孝助と、何かにつけて孝助ばかりだな。旦那様は……」

先輩手代の平太が恨めしそうにつぶやいた。

「仕事ができますからね。孝助さんは」

丁稚の末吉が、平太の愚痴《ぐち》を聞き逃さずに言った。

「すると何かい、俺が仕事できないみたいな言い草だな」

平太は怒った。

「へへ」

末吉は、にやにやと笑いながら店先の客の相手に向かった。

「あっ」末吉は、店先にいる客を見て、小さく声を上げた。

「また来ているぞ」

その客は、末吉にも見覚えがあった。何度かおみつと親しく話していた武士だった。その傍らには、初めて見る商人風の男がいる。二人は何やらこそこそと話をしていたが、そのうち商人風の男が去っていった。残った武士は、まだ店の様子を探るように見ている。

「何か買うわけでもない。おみつ様を呼び出すつもりかな……」

末吉は振り返って店の奥を見た。孝助は、まだ五兵衛と話している。

「孝助さん……」

末吉は、孝助に声をかけたい気持ちでいっぱいになった。

「あっ」

武士が店先から離れようとしている。

「よしっ」

末吉は覚悟を決め、武士の後をつけることにした。男の正体を探ろうとしたのだ。他の丁稚に声をかけていこうと思ったが、あいにく近くには誰もいなかった。

「ええい、ままよ」

末吉は、武士の後を追って日本橋大通りに出た。通りは人でごった返している。軒を連ねる老舗の前では、赤い傘を看板のように差して団子売りが商売をしていた。母親に連れられた子どもが団子をねだっている。末吉は急に鼻の奥がツンとした。母親が恋しくなったのだ。あの子どものように母親に甘えて、団子を食べたい……。

謎の武士は、雑踏の中を縫うように歩いている。末吉は、周囲に気を取られて見失わないように後をつけていった。

猿回《うるし》しが、猿を肩に載せて歩いている。どこかで縁日があるのかもしれない。

漆問屋の店先では、漆かきの男が樽《たる》の底の漆をかいている。

「おっ、末吉、急いでどこにいくんだ」

男が末吉を認めて、声をかけてきた。末吉とは近所で顔なじみなのだ。

まずい。武士に気づかれてはいけない。末吉は、唇に人差し指を当てて「しっ」と言った。

漆かきは、怪訝《けげん》そうな顔で末吉を見送った。

武士は本町二丁目の町木戸を左に折れ、本石町十軒店《ほんごくちょうじっけんだな》の方へ歩いていく。この辺りも人でごった返していたが、武士は背が高く、人込みから頭一つ抜けているのが末吉に幸いしていた。

時の鐘が見えてきた。今川橋《いまがわばし》を渡って神田鍛冶町《かんだかじちょう》に入る頃になると、いったいどこまで行くんだと、末吉は不安になってきた。養生屋から随分と遠くにきてしまったからだ。

勝手に店を出てきてしまった。今ごろ孝助たちが慌てているかもしれない。もうこの辺りで引き返そうか……。

と、その時、武士が左手の細い路地に入った。歩みを遅くして、やがて新石町《しんこくちょう》に入る。その辺りの裏店には職人たちが多く住んでいた。

――へえ、この辺りなのか。

末吉が武士の様子を遠くから離れて見ていると、武士は路地を進み、稲荷《いなり》神社の前に立った。

――何をしているんだろう。

末吉は家の陰から監視する。

稲荷神社には、お堂がある。入り口に鍵がかかっているようだ。武士は鍵を使ってお堂の戸を開けると、しばらく中を覗き込んでいた。そして背後を振り返り、にやりと笑った。

末吉は、思わず首を竦めた。気づかれたのではないかと、どきりとした。

武士は周囲に目を光らせると、再び北の方向へと歩き出し、堅大工町《たてだいくちょう》の裏店に足を踏み入れた。そして一軒の長屋の前に止まると、がたぴしとした動きの戸を力任せに開け、中に入った。

「あれが家なのかな」

末吉は、男が消えた家の前に、おそるおそると近づいた。

表札を見ると、荒削りの板に名前が書かれていた。

「漆原源三郎……」

末吉は、家の前から離れた。自宅まで突き止めたのだから、もう養生屋に帰ろうと思ったのだ。しかし末吉の疑念は晴れなかった。帰りの途上であの稲荷神社を検分していたのはなぜだったのだろうか……。

武士の家を振り返りながら元来た道を戻ろうとしていた時、裏店に住んでいると思われる中年の太った女性に出会った。

末吉は、この女性が武士について知っていないか、聞いてみることにした。

「あのう……ちょっとよろしいでしょうか」

末吉は、女性に声をかけた。

「はあ、なんだね」

「あの家にお住まいの方、漆原源三郎さんのことで、ちょっとお聞きしてもいいでしょうか」

「あそこね」女性は眉を顰《ひそ》めた。「よく知らないね。最近、越してきたんだ。二枚目だけど、陰気だね。挨拶もしないし……。大家の知り合いで、なんでも役者崩れらしいよ」

「役者さんですか。お武家さんじゃないのですか」

末吉は驚いた。

「よくは知らないね。人づてに聞いただけだから。浪人かもしれないけど。大家さんが信心している、ほら、あの通りの向こうにある稲荷神社。あそこの管理を任されて、店賃《たなちん》をまけてもらっているって話だよ」女性は、末吉をぐっと見つめた。「あの人に何かあるのかい」

「いいえ、何もありません」末吉は慌てて首を振った。「ふと通りかかったらあまりに二枚目なんで、どんなお方かなと思っただけで」

怪しまれて源三郎に告げ口されては面倒だ。

「ここら辺りの裏店にはろくなもんは住んじゃいないから。頼み事なんかするんじゃないよ。わたしが言うのも、なんだがね」

女性は口を開けて笑った。

「ありがとうございます」

末吉は急ぎ足でその場を立ち去った。

五

「末吉、どこに行っていたんだ。店は忙しくて大変だったんだぞ」

手代の平太が、息を切らして走ってきた末吉を目ざとく見つけて、叱責《しっせき》した。

平太の言う通り、養生屋の店頭は客でごった返していた。養生糖を求める客や、最近流行《はや》り始めた咳《せき》と熱が出る風邪《かぜ》の薬を求める客だ。

「すいません。ちょっと」

末吉は平太の叱責を頭上に受けながら、孝助の姿を探した。孝助は、上品な着物を着た年配の女性客を相手にしていた。

「理由を言うんだ」

平太の叱責は止まらない。

「失礼します」

末吉は顔を上げると、平太の目を見て決然と言い、孝助のところに行こうとした。

「待て、待ちやがれ、理由も言わねぇでどこへ行く」

平太が末吉の着物の袖を摑もうと、手を伸ばす。

「邪魔しないでください。大事なことなんで」

末吉は平太の手を払った。

「何を、生意気な」

平太は、客の前であることも構わず、末吉を捉まえようと飛びかかる。末吉が体《たい》をかわすと平太は体勢を崩してしまい、薬が並べられた平台《ひらだい》と平台の間に、どうと倒れてしまった。

「ぎゃっ」

平太が叫ぶ。

客たちが一斉に視線を集めた。幸い平台にはぶつからず、薬が散乱することはなかった。

「どうした？」

孝助が相手にしていた女性客に断わりを入れ、倒れた平太のところに歩み寄った。

孝助は平太を抱き起こしながら、末吉を仰《あお》ぎ見た。末吉は弱りきった様子で立ちすくんでいる。

平太は膝を強く打ったらしく、孝助の腕に支えられて唸《うな》りながら膝頭をさすっていた。

「もう大丈夫だ。立てるから」

平太は自分の足で立つと、憎々《にくにく》しげに末吉を睨んだ。

「こいつが店を勝手に留守にしやがった。それで理由を質《ただ》したら、突然、駆け出したものだから……」

「末吉、平太さんの言っていることは正しいのかい」

孝助は訊いた。

「へぇ。でも……」

末吉は悲しそうな顔で呟いた。何か訳ありだと孝助はすぐに察した。

「平太さん、末吉のことはわたしに任せてくださいませんか。ちゃんと理由を質しますから」

孝助が頭を下げると、平太は不満げながらも頷いた。

「こいつのことは、お前に任せる。こっぴどく叱《しか》るんだぞ。勝手に店を抜け出すなんて、他の丁稚に示しがつかない」

平太は怒りが収まらない顔で孝助に言いつけ、客がいる方に向かった。

「わかりました」

孝助は平太に小さく頭を下げた。

「末吉、ちょっと奥に行こうか」

「へい」

末吉は、孝助の後をとぼとぼとついていく。

店の奥につくと、孝助は末吉に向き直り、優しく諭《さと》した。

「なあ、末吉。お前が勝手に店の仕事を放り投げてどこかに遊びに行くような者でないことは、わたしが一番よく知っている。怒らないから理由を言いなさい」

幼い末吉は、孝助をじっと見つめて大粒の涙を浮かべた。

「店先から中を窺っていたあいつをつけたんです」

「あいつとは……あの侍《さむらい》か」

はっと気づいた孝助は、末吉の両肩をむんずと摑んだ。五兵衛と話し込んでいた孝助も、店先から中を窺う武士の存在には気がついていたのだった。

すると末吉は、自分の行動を孝助が認めてくれたのだと理解し、嬉しさから再び大きな声で泣き出した。

「末吉、詳しく話してくれ」

「へい！」

末吉は涙を拭った。あの怪しい武士――漆原源三郎が堅大工町の裏店に住んでいることや、新石町の稲荷神社を管理することで店賃を割り引いてもらっていること、決して裕福な暮らしをしている様子がないことなどを、息せき切って話した。

「名を漆原源三郎というのかい？」

「へい。事情を知っていそうな近所のおばさんに聞いたところでは、役者崩れだそうです。陰気で、あまり評判は良くないみたいですが……」

「そうかい。それで、侍の傍にいた商人風の男は？」

孝助は、あの男にどこかで出会ったような気がして、気になっていたのだ。

「あっちはわかりません」

末吉は答えた。

「ありがとう、末吉。引き続き、店の前に彼らが現われるか見ていてくださいな」

「へい、承知しました。奴らは何か企んでいるんでしょうか？」

末吉が訊いた。

「分からないが、気をつけるに越したことはないだろうね」

孝助は首を傾げ、自分に言い聞かせるように言った。

孝助は、おみつの動きに注意しておこうと決意した。五兵衛には黙っておくことにした。まだ何も起きていないからだ。

「末吉、いいかい」孝助は、末吉に諭すように言い聞かせた。「今日、わたしに話したことは、誰にも言うんじゃありませんよ」

「へい、分かりました」

末吉は、真剣な顔で頷いた。

六

篠原清右ヱ門の小者、小助と平蔵は、品川宿の海老屋に上がっていた。

小助が清右ヱ門に「品川で卯市に似た者を見た」と報告してしまったからには、卯市に似た男がいないか確認しないわけにもいかなかった。もしその男が卯市本人なら捕まえて、清右ヱ門のところに突き出さねばならない。

「本当にここにいるのかのぉ」

平蔵が自信なさそうに言った。平蔵は、遠目に見ただけの男を気に懸《か》けていなかった。

「わからん。殿様にあのように申し上げた手前、なんとかなればいいが。店の者を呼ぼうか」

膳を前に酒を飲んでいた小助は障子を開き、廊下に体を出すようにして、手を叩いた。

階下から「はーい」と声がした。待っていると、若い衆が上がってきた。九平治である。

「何か御用でございますか。女を呼びますか」

廊下に跪《ひざまず》き、九平治が用向きを聞く。

「いや、そうじゃないんだ。この二人を見たことがあるか」

小助は九平治の前ににじり寄り、懐から人相書きを取り出した。そこには卯市とお栄の顔が並べて描かれていた。

九平治の表情が一瞬、緊張した。しかし、すぐに元の穏やかな表情に戻った。

「おや、何か知っているのかい」

小助の隣にいた平蔵が、九平治の表情の変化に気づいた。

「いえ、何でもございません。申し訳ございませんが、二人とも存じ上げませんね」

九平治は落ち着いて答えた。

「そうか……。おぬしの顔が少し変わったので、何か存じておるのかと思ったが……」

「いえ、このようなご詮議《せんぎ》を受けるのが初めてでございまして、緊張いたしたのでありましょう。お武家様は、奉行所の方でございましょうか」

「儂らが奉行所の者に見えるか」

小助は平蔵と顔を見合わせ、笑った。

「かような人相書きをお持ちなので、つい……。失礼いたしました」

九平治は低頭した。

「いや、謝ることはない。我らはさる藩の重職の方に仕《つか》える者なのだ」

「で、この二人は何をしたのでございますか」

九平治は訊いた。

「……」小助は眉を顰めた。「何と言えばいいかのぉ。まあ、端的に申せば、我らが仕える方の最も大事なものを盗んで逃げたのだ。その方は、お怒りでのぉ。二人を見つけ、その大事なものを取り返せと仰せになって……」

話しながら、小助は突然、涙ぐみ始めた。

「これは失礼した。涙を流すなど、武士として恥ずかしい始末であるのぉ」

「我らは十数年にわたって、西へ東へとこの二人を探し回っているというわけだ。成果はなく、まるで弥次喜多《やじきた》みたいなものじゃがの。しかし苦労しておるのだ。その苦労を思い出して、小助は涙したのであろう」

平蔵が小助の肩を抱いた。

「そうでございましたか。それはご苦労なことでございますな。それで、なにゆえ、ここ海老屋で聞き込みをなさっておられるのですか?」

九平治が訊いた。

「いや、なに、この海老屋で、この男——卯市というのだが、これに似た男を見かけたものでな。それで訊いたまでよ」

小助が答えた。

「この女の名は何というのでございます」

「お栄様じゃ」平蔵が言った。「我らが仕える方の奥方だった……。お優しい方だったのが、ふとした気の迷いで大きく道を踏み外しなさったのだ。まこと、残念である」

九平治は息を詰めた。お栄の名が出たからである。

「もし、この二人を見つけられたら、いかがなされるお積もりでございますか?」

「その方の大事なものの居所を吐かせて、それで斬って捨てる」

小助が刀を抜く真似をした。

「左様でございますか。して、その大事なものとは、何でございましょうか」

「お前は何でも知りたがるのぉ」

平蔵はにやりと笑った。

「この界隈《かいわい》の、あるいは江戸向きにもわたしは顔が利きます。きっとお役に立つと思いますので」

「そうか。それなら申そう。大事なものとは、その方の唯一の男子、跡取りである。孝太郎様と申す。もしご存命なら十六歳におなりになっているはずじゃ」

平蔵が明かした。

「今は、お役に立てそうにありませぬが……」九平治が頭を下げ、腰を屈めたまま後退した。「何か良い報せがございましたら、お伝えいたします。これで失礼いたします」

「おお、頼んだぞ。もし何か役に立つ話を持ってきてくれたら、たんまりと褒美を取らせるからな。お前、名は何という」

「九平治にございます」

平蔵は、踵を返して去っていく九平治の背に声をかけた。

九平治が振り返って名乗り、障子を閉めた。

「おい、小助。あの男、どう見た」

九平治の足音が遠のいてから、平蔵が小助に耳打ちした。小助は既に手酌《てじゃく》で飲んでいた。

「どう見たって？　何か気になったか」

「あやつは何か知っているぞ。少なくともお栄様、卯市のどちらかを見知っていると思う」

平蔵は確信を持って言った。小助の目が輝いた。

「それはまことか」

「ああ、間違いない」

「捕まえて吐かせるか」

「それは無理というものだ。九平治とか言ったな。あいつをつけていれば、何か摑めるかもしれん。ようやく我らの長い旅も終わりが近いかもしれんぞ」

平蔵が喜びに笑みを浮かべた。

「そうなれば嬉しいことよのぉ」

小助が洟《はな》をすり上げた。また涙がこぼれそうになったのだ。

七

平蔵と小助の下から離れた九平治は、心の臓が破裂しそうなほど動揺していた。

――いったいどうすればいい……。

その場は何とか切り抜けたものの、あの二人に動揺を悟られたのではないかと不安で堪らないのだ。

お栄にこのことを伝えるべきか。そしてお栄をここから逃がすべきか。幸い、お栄は体調を崩し、客を取っていない。まさかの偶然で、あの二人のいずれかの客になることはないだろう。

ふと、ある考えが浮かんだ。これはいい考えだ、と九平治は思った。

あの二人に、卯市を売ればいいのだ。人相書きに似た男がこの海老屋に客としてやってきた。どうやら主人とも親しいらしい。そう教えてやればいいのだ。二人は卯市を捕まえ、斬り捨ててくれるだろう。

「そうなればお栄さんは安堵し、助かるに違いない」

九平治は、すぐに行動に移すことにした。

今日は、卯市は海老屋に来ていないようだった。いったいどこをほっつき歩いているのだろうか。最近あいつは、色白の浪人者と何やら話し込んでいることが多い。卯市のことだから、悪だくみを考えているに違いない。あんな奴は、成敗するに限る。

「主人なら、奴の居所を知っているだろう」

はたと手を打って、九平治は大きく頷いた。

八

堅大工町の裏店から外に出た卯市は、歩を速めた。

「そろそろ暮れ六つだ。養生屋も店じまいを始めるだろう。急ぐとするか」

漆原源三郎と出会ったのは、地回りがやっている賭場だった。源三郎は役者だったようだが、女と金で失敗し、座主から追い出されたと話していた。

男が見ても惚れ惚れするほどの二枚目だ。卯市は、この男を使って女を騙せば金になると思った。博打で金をすっていた源三郎にその企みを持ち掛けると、すぐに乗ってきた。

ある時は源三郎をやんごとなき人物の落とし胤《だね》や旗本の跡取りに仕立て、若い女を騙した。そのうち何人かからは金を毟《むし》り取ることに成功したが、金を工面《くめん》できない女は、海老屋に売り払った。

源三郎が次なる標的として挙げてきたのが、養生屋のおみつだった。

ある日、道でくだらない三下《さんした》野郎に絡まれ迷惑顔をしていたおみつを助けた。源三郎の仕掛けたいつもの茶番なのだが、まんまと引っかかって、おみつは源三郎にほの字になった。

その話を聞いた卯市は目を光らせた。

——俺もそろそろ江戸を離れたい。その前に、ここで一発、大儲けをしよう。どうだ、そのおみつって娘を利用しては。

卯市に話を持ち掛けられた源三郎は、二つ返事で了解した。そして二人で相談した結果、おみつを拐かし、五〇〇両をせしめようという話になったのだ。

養生屋は今、江戸で一番人気の薬種問屋だ。金はたんまりある。おみつは大事な一人娘だから、一〇〇〇両を吹っかけても出すに違いない。

今日、五つ時の夜陰《やいん》に紛れて源三郎がおみつを誘い出し、二人で駆け落ちをする算段だ。おみつは養生屋の一人娘であり、だれか婿を迎えて跡を取ることになるのが運命というものだ。そのことに不満を抱いている。その隙《すき》を源三郎が突いた。いずれ仕官して武士の妻にすると、おみつにこっそり嘘の約束をしたのだ。

おみつは源三郎を作州の浪人であるとすっかり信じている。郷里に戻れば士官の道が開けると信じているのだ。

おみつは、源三郎との恋に舞い上がっていた。嘘を真と信じている。

「悪い男よのぅ」

卯市は呟き、日本橋本町へと急いだ。

源三郎が首尾よくおみつを連れ出すことができれば、五〇〇両でおみつを返すという書状を養生屋に投げ込むことになっている。投げ込むのは、花林糖《かりんとう》売りに化けた卯市の役割だ。

花林糖は深川《ふかがわ》の名物だが、夜に提灯《ちょうちん》をつけて売り歩く。「かりんとう」と書かれた提灯、花林糖を入れた木箱を小脇に抱え、紺の着物に旅脚絆《きゃはん》。夜に町を練り歩く花林糖売りなら、誰も怪しむ者はいない。

その間、おみつは新石町の稲荷神社の祠《ほこら》に閉じ込めておく。

問題は金の受け渡しだった。拐かしで最も問題となるのが、その方法だ。養生屋に投げ込む書状には、金は油紙に包んで木箱に入れ、室町《むろまち》三丁目から少し入った米河岸《こめがし》沿いの道浄橋《どうじょうばし》まで主人が持ってこい。男が舟で待っている。その男に金を渡せと書いてあった。

卯市と源三郎は船を出し、米を運ぶ船に紛れて、そのまま船で海へ出るという算段だった。

養生屋の前に着いた卯市は、向かいにある漆問屋の漆器類を品定めしている振りをしながら、時折後ろを振り返って、養生屋の様子を観察することにした。

丁稚たちが、店先に並んだ薬を片付けている。

「孝助、孝助」と呼ぶ声が、卯市の耳に飛び込んできた。

――孝助？

卯市の頭の中を、その名前が強く刺激した。古い記憶が呼び起こされていく。泣きながらお栄の着物の袖を摑んで離さない幼子……。目鼻立ちはお栄に似て、くっきりとしていた。勝気な顔に見えたが、さすがに母親と離れ離れになると分かったのか、その顔は涙で崩れてしまっていた……。

――まさか……。

卯市は目を凝《こ》らし、養生屋の奥を覗き込んだ。

羽織を着た男に、何か言われている男がいる。卯市には、その男の背中しか見えなかった。

羽織を着た男は、おそらく番頭だろう。するとあの次縹《つぎはなだ》色、淡い藍《あい》色の着物を着ているのが、孝助と呼ばれた若い男なのだろうか。

体つきはがっしりしているものの、背丈からすると、十六、十七歳にも見える。あの男が、卯市とお栄が置き去りにした孝助であってもおかしくはない。

何とか顔が見えないかと卯市はやきもきしたが、若い男は背中を向けたままだった。一向に振り向きはしない。

夏とはいえ七つから暮れ六つが近くなると、辺りは薄暗くなり始める。人通りは少ない。卯市が品定めの振りをしている漆問屋も店じまいを始めた。いつまでもその場に立っていたら、店の者に怪しまれてしまうだろう。

——振り向きやがれ！

卯市は、心の中で叫んだ。

すると、若い男が体を動かした。遠目にちらりと横顔が見えた……。

「お客様、お客様」

突然、卯市は声をかけられた。漆問屋の丁稚が、いつまでも店先から立ち去らない卯市を怪しんで声をかけたのだ。

「おお」

驚いて卯市は声を上げた。

「もう店を閉めますので、何か御用はございましたでしょうか。もしないようでしたら、申し訳ありませんが……」

「はい、分かりました。失礼します」

卯市は、仕方なくその場を立ち去ることにした。

それとなく養生屋を振り返って覗くと、既に先ほどの若い男の姿はない。何か用事を言いつけられたのかもしれない。わずかに見えた横顔は、あの幼子であるような、ないような……。卯市は気になって仕方がなかった。

「あのぅ、つかぬことをお訊きしますが、よろしいでしょうか」

去り際に、卯市は漆問屋の丁稚に声をかけた。

「はい、なんでございましょう」

丁稚は、面倒な顔をせずに応じた。

「あちらの養生屋さんには、孝助という方が働いておられますか」

卯市は養生屋を指さした。

「はい、おられますよ。養生屋の手代さんです」丁稚は笑みを浮かべた。「とてもいい方でね。お宅はご親戚か何かですか」

「いえ、そうではありませんが」

卯市は慌てて否定した。

「親兄弟はいないと聞いています。本当に仕事熱心でね」

丁稚は大いに感心した風で、大きく頷いた。

「そうですか。ありがとうございます」

卯市は丁稚に頭を下げると、急ぎ足で漆問屋から離れた。

卯市の直感が告げていた。あの幼子が、養生屋の手代となっていたのだ。親兄弟がないという話とも辻褄《つじつま》が合う。

「何の因果か。今から娘を拐かそうとしている養生屋に、あの孝助がいるとはなぁ。お栄に話してやろうか。いや、やめた方がいいか。あいつに話すとややこしくなる。それよりも……」

卯市は、また新たな悪だくみを思いつこうとしていた。

「そろそろ支度《したく》にとりかかるか」

卯市は本町通りから路地裏に入った。そこには花林糖売りの衣装が置いてあった。木箱には、養生屋への脅迫状が入っていた。

第五話　おみつ

さて、「浜の真砂《まさご》は尽きるとも世に盗人《ぬすっと》の種は尽きまじ」と有名な言葉を残しましたのは、かの大泥棒、石川五右衛門《いしかわごえもん》であります。

この言葉にありますように江戸時代にも現在同様、盗み、殺し、詐欺、誘拐などの犯罪が多数ございました。

こうした犯罪人の逮捕には、寺社以外の町方では町奉行所の与力や同心などがあたりますが、取り調べは厳しく、自白させるために膝の上に石を抱えさせたり、体を吊るして鞭打《むちう》ちしたり、まあ、想像するだけでもぞっといたします。

刑罰は、さらに過酷でございました。殺しや傷害は死罪か遠島でございました。

首を落とされたり、磔《はりつけ》にされて脇腹を、このようにぐっと槍で突きさされたり……。おお、痛い！

今はない犯罪に姦通《かんつう》がございます。妻が夫以外の男性、間男と通じ合う罪でございますが、夫がその現場を見つけ、妻と間男を殺しても罪にはなりませんでしたが、姦通しました妻と間男は死罪となりました。獄門《ごくもん》といい、首を晒《さら》されることもあったようであります。

お栄と卯市が、清右ヱ門のところから逃亡するのも分からないでもありませんね。生きているだけ丸儲け、ですからね。

養生屋のおみつの誘拐を企む卯市と源三郎ですが、彼らが捕まると、いったいどのような罪になるのでしょうか。現在も営利誘拐は一年以上十年以下の懲役《ちょうえき》などの刑が科せられますが、江戸時代は果たして……。やはり死罪であります。

卯市と源三郎の悪だくみ、果たしていかがなりますでしょうか。

一

おみつは、心の臓の高鳴りを抑《おさ》えるのに必死になっていた。

もうすぐ戌《いぬ》の刻（夜八時）だ。荷物はまとめてある。これを持って家の裏木戸からこっそりと抜け出すのだ。

亥の刻（夜十時）には町木戸が閉じられる。そうなると、町の外に出るには、木戸番に理由を説明しなければならない。夜は物騒である。暗がりで女が一人出ていくのに、どんな理由をつけようと不審に思わぬ木戸番はいないだろう。

おみつは、もう戻ってくることはない自分の部屋を隅々まで見つめていた。箪《たん》笥《す》の上に飾られた市松《いちまつ》人形は、父親の五兵衛が、おみつの誕生を喜んで買ってきたものだった。

これは持っていきたかったが、泣く泣く置いていくことにした。源三郎とどんな暮らしをするのかは分からないが、この人形があることで、里心がついてしまうかもしれない。

おみつは、本当は孝助を好ましく思っていた。孝助は真面目で仕事熱心で、優しい。しかし、それがおみつにとって不満でもあった。自分にだけ優しい、自分だけを見てくれているという実感が得られなかった。

養生屋の奉公人であるという立場を、あまりにも孝助はわきまえ過ぎていた。おみつは、言葉には出さず「わたしを、わたしだけを見て」と心の中で叫んでいたが、孝助に伝わることはなかった。

それに加えて、自分の人生の可能性をもっと試したかった。養生屋の一人娘として生まれたため、父の目に適う好きでもない人と結婚し、跡を取らねばならないだけの人生なんて御免被りたいと思っていた。

そんな時、偶然、源三郎に会った。その瞬間に胸がときめいた。

話を聞くと、作州のさる武家の次男だという。今は浪人の身だが、もうすぐ仕官の道も拓《ひら》けるらしい。ただ、そのためにはそれ相応の資金が必要となる。

何とかしてあげたいとおみつは思った。その思いを伝えると、源三郎は美しい瞳に涙を浮かべ、「ありがとう。その気持ちだけで十分です」と言う。本当に心の奇麗《きれい》な人だ、ますます何とかしたい……とおみつは願った。

やがて源三郎は、おみつを嫁に迎えたいと言った。おみつは舞い上がるほど嬉しかった。しかし、おみつに養生屋を継がせたい五兵衛が賛成するわけがない。

おみつは、養生屋に自分の人生を縛られるより、源三郎と共に武家の暮らしをしてみたいと思うようになっていった。

駆け落ちを持ちかけたのは、おみつだった。源三郎と一緒に暮らすという事実を突きつければ、五兵衛は納得せずとも諦めざるを得ないだろう。仕官を目指す源三郎への支援も渋らないはずだ。

おみつの提案を聞いた源三郎は「本当にいいのか」と飛び上がるほどに驚いていた。おみつは、自分がこれほどまでに大胆になれることが信じられなかったが、源三郎の喜ぶ顔を見て、大きく頷いた。

今夜、その家出を決行する。待ち合わせ場所は、時の鐘の前だった。

時の鐘が鳴り、戌の刻を告げた。

おみつはこっそりと部屋を出て、わずかに震える手で裏木戸を開けた。

皆、寝静まっている。

「さようなら」

おみつは小声で言った。

裏木戸をくぐり、細い路地から本通りに出たところでおみつは異変を感じた。

「あら」

おみつが顔を上げると、源三郎がいたのだ。いつもとは違う険しい顔だった。

「どうなさったのですか。時の鐘でお待ちになっているはずでは」

「そうしようと思ったのだが、あちらの駕籠に乗っていただきたい」

源三郎が指さす方向に町駕籠が待っていた。

「駕籠に、でございますか」

「ああ。やはり夜道をあなたが一人で歩いていると危なかろうと考えてな」

「嬉しい」

おみつは、源三郎の優しさに触れた気がした。

駕籠舁《か》きが垂れを上げた。おみつは、いそいそと駕籠に乗り込んだ。垂れが下ろされた。

どこまで行くのだろうか。まさかこのまま源三郎の故郷作州まで行くことはあるまい。おみつは不安な気持ちに襲われながらも、これから始まる新しい生活に思いを馳《は》せた。

「行け！」

源三郎の声が聞こえた。駕籠舁きに走り出すように命じたのだ。

町駕籠が担がれ、体が揺れた。

「お父様、お母様、おみつは自分の道を行きます」

担ぎ棒から下がった紐を握りしめ、揺れる体を支えながら、おみつは小声で呟いた。

二

どんどんと、養生屋の入り口の戸を叩く音がする。

「だれだい、こんな夜に」

手代の平太は苦虫を嚙《か》み潰《つぶ》したような顔で戸のほうに向かった。

丁稚たちは、みな寝静まっている。その夜は平太が不寝番《ふしんばん》を務めていた。火事の多い江戸では、どの商家でも不寝番を設け、火事に備えていたのである。

平太は、戸の覗き口から外を覗いた。派手な衣装に身を包み、花林糖の提灯を背負った男が立っていた。

「なんだ、花林糖売りか」

平太は覗き口から「いらねえよ」と声を掛けた。

「すみません。ちょっとこちらに預かりものがあるんです」

花林糖売りが言った。見ると、なにやら文《ふみ》のようなものを持っている。

「文を預かったのか。しゃあねぇな」

平太は心張棒《しんばりぼう》を外して、戸を開けた。

「お騒がせしてすみやせん」

花林糖売りは平太に文を手渡した。

「お前さんに文を預けるなんて、いったいどんな野郎だ」

「この辺りを『かりんとう』『かりんとう』って流していましたら、職人風の男が近づいてきましてね。『おいお前、ちょいと頼まれごとをしてくれねぇか。駄賃やるから』ってんで、豆板を一つ握らせて『これを養生屋に届けてくれ』って。わたしゃ驚きましたね。『こんなにいただけるんですか』ってね……」

花林糖売りは喋《しゃべ》り続ける。

「もういい、分かったから。ありがとうよ」

平太は、文を持って戸を閉めた。

「旦那様によろしく」そう言い残して花林糖売りは、「かりんとう、かりんとう」と呼び声を上げながら通りを歩いていった。

戸締まりをした平太は、文を灯りにかざしてみた。「養生屋御主人様」と宛名が書いてある。文の中身を確かめたいとも思ったが、勝手に開封して叱られては堪ったものではない。

——もう旦那様はお休みになっている。明日の朝にお渡しすればいいだろう。

そう考えた平太は、文を帳場の机の上に置いた。

三

「おみつ、おみつがいない」

五兵衛が青ざめた顔で叫びながら奥の部屋から出てきた。着物の裾は乱れ、あられもない姿である。その後には妻のおさちが、半分泣き顔で付き従っていた。

明けの七つすぎ（午前四時）。開店の準備で孝助や丁稚たちが忙しい頃合いだ。しかし五兵衛の尋常《じんじょう》ではない慌てぶりに、全員が手を止めた。何かとんでもないことが起きたのは明らかだった。

「旦那様、いかがなされたのですか」

勝蔵がおっとりとした口調で訊いた。

「おみつがいない。部屋にいない。だれか気づかなかったか」

五兵衛の目は血走り、眉は吊り上がっていた。いつもの穏やかな五兵衛ではない。丁稚たちは互いに顔を見合わせ、首を傾げた。

「旦那様、おみつ様がいらっしゃらないというのは、朝早くからお出かけということですか」

「ばか！　何を暢気《のんき》なことを言っているんだ。おみつが昨夜、どこかへ行ってしまったのだよ。眠った痕跡がない」

五兵衛は目に入れても痛くないほどに、一人娘のおみつを可愛がっていた。五兵衛は毎朝おみつの部屋を覗き、おみつを起こすのがしきたりになっていた。若い娘にとって明けの七つに起こされるのは眠くて仕方がないのだが、商家である以上、早起きには慣れねばならないのだった。

ところが今朝、五兵衛がおみつの部屋を覗くと、布団に乱れがなく、眠った様子がない。五兵衛は一瞬、何も考えられなくなったが、すぐにおみつがいなくなったと理解したのだ。

「おい、みんな、昨晩《ゆうべ》変わったことはなかったか」

勝蔵が丁稚たちに訊いた。

丁稚たちは首を傾げるばかりだった。

「平太さん」

そのとき孝助が、手代の平太に声をかけた。

「なんだ、孝助」

「昨日は平太さんが不寝番でしたが、何かいつもと変わったことはありませんでしたか」

孝助は冷静に訊いた。孝助の頭の中には、あの涼やかな顔をした浪人風の男とおみつが親しげに話している様子が浮かんでいた。気が気ではない思いに囚《とら》われていたものの、それは顔には表わさないようにしていた。

「変わったこと……」視線を上向けた平太は、はたと気づいたように手を打った。「そういえば」

「これは？」

平太は急いで帳場に上がると、一通の文を手に取り、五兵衛に差し出した。

五兵衛が訊いた。

「へい。昨夜、亥の刻近くでございましたでしょうか。戸を叩く者がおりましたので開けてみると花林糖売りがいましてね」

「花林糖売りだと」

「へい。提灯も掲げておりましたので間違いなく花林糖売りでございました。で、その男が、これを旦那様にって」

「渡されたのか」

「へい。なんでも、職人風の男から預かったって申しておりました」

平太がへりくだって言うと、間もなく文の封を開けた五兵衛の表情が険しくなり、手がみるみる震え出した。

「おさち、読んでみろ」

五兵衛は、隣で不安そうに佇んでいる妻のおさちに文を渡した。おさちは、それを読むや否やその場にうずくまり、文を握りしめて呻き始めた。

孝助は、あまりの悲嘆《ひたん》ぶりにおさちに駆け寄り、肩を抱きかかえた。

「おかみさん、大丈夫でございますか」

「ああ、孝助、ありがとう。これをお読み」

おさちは孝助に文を渡した。孝助は文にすばやく目を通し、「これは！」と目を瞠《みは》った。表情が強張《こわば》る。

「孝助、わたしにも見せろ」

勝蔵が怒った顔で孝助から文を取り上げた。

そして一読するなり「旦那様！」と叫んだ。

丁稚たちも異変に気付き、勝蔵の周りに集まった。平太だけは一人、取り残されたように茫然《ぼうぜん》としていた。

「旦那様、いったい何が書かれていたのですか？」

平太は恐る恐る訊いた。

五兵衛は怒りに体を震わせ、何も言わない。

「お前も読んでみろ」

勝蔵が平太に文を渡した。平太はそれを見るなり「ひえーっ」と悲鳴を上げた。

「お前、どうしてこれを昨晩《ゆうべ》のうちにわたしに寄越《よこ》さなかったのだ」

五兵衛の怒りが平太に向かった。

「すみません。旦那様はお休みだったものですから」

平太は今にも泣きそうだった。

――娘を預かった。金五〇〇両を袋に入れ、巳《み》の刻（午前十時）に道浄橋まで主人が持ってこい。男が舟で待っている。その男に金を渡せ。無事に金を受け取ったら娘は返す。もし奉行所に届け出るようなことがあれば、娘の命はないと思え。

文にはそう書かれていた。

「勝蔵、すぐに五〇〇両を用意しなさい。まもなく、卯《う》の刻（午前六時）だ。巳の刻まで時がない」

「はい、分かりました。奉行所には届けないのですね」

「おみつが殺されてもいいのか！」

五兵衛は勝蔵を激しく叱責した。

「わ、分かりました。すぐに用意します」

勝蔵は首をすくめた。

「あなた、大丈夫でしょうか、おみつは……」

おさちが震え声で言った。

「ああ、心配するな。おみつを絶対に助ける」

五兵衛は険しい顔で答えた。

「旦那様、ちょっとお話があります」

孝助が五兵衛に耳打ちした。

「どうした孝助。なにかあるのか。今、どうしても聞かねばならないことか?

おみつに関してのことか」

「はい」そこで孝助は末吉に手招きをした。「末吉、一緒においで」

「へい」

末吉が孝助の傍に来た。

勝蔵と平太は金の用意を始めつつ、孝助が五兵衛に何を言うのか、聞き耳を立てていた。

「実は数日前、おみつ様は店の裏で、浪人風の男と親しげにお話しされておりまして……」孝助が明かした。「その男は、またある時には商人風の男と何やら店の様子を窺いながら密談をしている様子でした。おかしいと思っておりましたが、この末吉が気をきかせて、浪人風の男の後をつけたのです」

「おみつは、その浪人風の男に拐かされたのか。どうしてそんな男とおみつが関わっていることを、わたしに話さなかったのだ！」

怒りが収まらない五兵衛は、孝助を詰責《きっせき》した。

「申し訳ございません」

孝助は頭を下げた。

「どいつもこいつも役立たずばかりだ」

五兵衛は気が動転して、普段の穏やかさをかなぐり捨てていた。

「孝助、お前、その者たちの仲間ではあるまいな」

五〇〇両を用意し終えた勝蔵が口を挟《はさ》んだ。

「まさか、何を仰います」

「だってそうだろう。怪しげな男を見ながら、旦那様に何もお知らせせずにいたではないか。そんな男を見かけたらお知らせするのが店の者の役目である。それを知らないとは言わせない。一緒にこの金を持って逃げるつもりであろう」

勝蔵は、ここぞとばかりに孝助を責めた。五兵衛が孝助をこれほどまでに叱責するのは初めてのことだった。この機を逃せば孝助を叩く機会はないと見たのだろう。

「孝助、お嬢様はどこだ、どこにいる」

勝蔵が畳みかける。

「確かに不穏な人物を見かけたら旦那様にお知らせするのが習わしであります。そのことは十分に承知しておりますが、おみつ様に関わることでございましたので、遠慮してしまいました。これはわたしの落ち度でございます。申し訳ございません」

孝助は五兵衛に向かって深く頭を下げた。そして口を固く噤《つぐ》んだ。五兵衛は苦《く》渋《じゅう》に満ちた顔で孝助を見下ろしていた。

「あなた、何を血迷っておられるのですか」

おさちが涙を拭いながら五兵衛を責めた。先ほどまでおろおろしていたとは思えない毅然《きぜん》とした態度である。驚いて五兵衛が振り向いた。

「あなた、孝助の日ごろの献身ぶりを見ていたら、おみつを拐かして金品を取るなどということをするとお思いでございますか。ああ、情けない。このような事態に陥《おちい》って、奉公人を疑うような主人であったとは。わたしは情けのうございます。孝助は、おみつが怪しい男と親しげに話しているのを見て、心配こそしましたが、それはお店のことではなく、おみつのことです。もし勝手な想像をして、おみつのことをあなたにお知らせしたら、いかが相成《あいな》ります。あなたは訳も分からずおみつを問い質したことでしょう。そうなれば、おみつは拐かされる前に家を飛び出したかもしれませぬ。それを心配したのです、孝助は」

おさちは一気に言い募ると、今度は勝蔵を睨みつけた。

「勝蔵、あなたもあなたです。番頭の身でありながら手代の孝助を、悪い男たちの一味であろう、金を取って逃げるつもりであろうなどと、よく言えたものです。今は身内で言い争っている場合ですか。愚かなことを言うものじゃありませせん」

ぴしゃりと言い捨てた。おさちのあまりの剣幕にぐうの音《ね》も出ない勝蔵は、ただ低頭するばかりだった。

「おお、そうだった。わたしが悪かった。孝助、許しておくれ」五兵衛は孝助に向かって頭を下げた。「あまりの事態に気が動転して、誰も彼もが怪しく見えてしまっていた。目が曇っていたのだ」

「旦那様の気も収まり、正気を取り戻されたご様子。孝助、お知らせしたいことをお話ししなさい」

　おさちは穏やかに言った。

「はい、ありがとうございます」頷いた孝助は、末吉を五兵衛の前に押し出した。「それでは、詳しくは末吉からお話しさせていただきます。末吉、お話ししてくれ」

　末吉は緊張した顔つきになった。孝助は、実際に源三郎を追尾した末吉にきちんとした評価を与えてもらおうと考えていた。

「末吉、なんなりと話しておくれ」

　おさちの諫言《かんげん》ですっかり冷静さを取り戻した五兵衛は、本来の穏やかさに戻っていた。

「へい。お店の前から浪人風の男をつけました」

　末吉は、尾行の一部始終を生き生きと話した。途中で漆問屋の漆かきに声をかけられたことなど余計なことまで話したので、五兵衛を少しばかり苛つかせたのは失敗だったと反省するくらいの熱弁であった。

「それで、その男は漆原源三郎というのだな。役者崩れか」

「へい、そのようです」

「堅大工町の長屋に住んでいるのだな」

「へい、そのようです。かなりの貧乏長屋でした。金には苦労しているのでしょう」

「近くの稲荷神社とはなんじゃ」

「新石町に無人の稲荷神社がございまして、その祠などの管理を任されて手間賃を得ているようです」

末吉は全て話し終えて安堵し、ため息をついた。

「そこにおみつが捕らわれているのでしょうか」

おさちが訊いた。

「それはわかりません。しかし探ってみる価値はあると思います」孝助は言った。「わたしと末吉で源三郎の家を探ります。旦那様はお金を用意して、指示通り道浄橋に向かってください。番頭さん、平太さんもご一緒に行ってください」

「わたしも、行くのか。文には旦那様一人で来るようにと書いてあるんだぞ」

勝蔵が驚き、目を瞠った。平太も同様だった。

「悪党どもに気づかれないように、旦那様の後ろからついていってください。旦那様にもしものことがあっては大変です。その際は出ていって旦那様をお守りください」

「わ、わかった」

勝蔵は緊張し、唾を呑み込んだ。自分より下役の孝助に指示されていることを不快にすら感じなかった。おさちに叱責されたこともあり、今、最も冷静な孝助に従うのが無難だと考えたのだ。

「しかし、相手が刀を持っていたら、どうしようか」

平太が不安そうな顔をした。

「それでも身を挺《てい》して旦那様を守ってください。わたしも追って駆けつけますから」

「わかった。旦那様、ご安心ください。この平太が命に代えてもお守りします」

平太は硬い表情で胸を叩いた。

「頼りにしていますよ」

五兵衛が応じた。

「では、巳の刻まであまり時間がありません。わたしはさっそく堅大工町へ向かいます。末吉、行きますよ」

「へい」

孝助と末吉は店を飛び出した。

四

「孝助さん、道が違います」

末吉が言った。堅大工町へ向かうはずが、孝助は通りを曲がらず、通旅籠町を真っすぐに大伝馬町《おおでんまちょう》の方角に向かっていたのだった。

「いいから一緒に来て。ちょっと寄るところがあるんだ」

「わかりました」

なにか考えがあるに違いないと直感した末吉は、素直に従った。

孝助は人形町通りに入ると、長谷川町《はせがわちょう》のある一軒家の前で止まった。

「ここは」

「わたしがお世話になっている飴屋の金治親方の家だよ」

「あの養生糖を売ってくださっている方ですか」

「そうだ。お身内に大勢の売り子を抱えておられて、腕っぷしも気風《きっぷ》もいい方だ」孝助はそう言うと、勝手知ったる様子で家の戸を開けた。「末吉はここで待っていてくれ。すぐに終わるから」

孝助が「ごめんください」と家の中に声をかけると、すぐさま「おお、どうした孝助」と、少し太った着流しの男が現われた。金治だ。

「親方、ちょっと急ぎで頼みごとがございます。実は……」

孝助は、養生屋のおみつが何者かに拐かされたことを伝えた。これから主人の五兵衛が五〇〇両もの大金を持って拐かした者に会いにいく。ついては、親方にその警護を頼みたい。もちろん相手にも、五兵衛自身にも気づかれないように、である。

「わかった。すぐに手配する。あの辺りは、うちの縄張りだ。よくわかっている。道浄橋に巳の刻だな」

金治はすぐさま奥に引っ込み、姿を消した。

孝助は末吉を振り返り「さあ、行きましょうか」と言った。

堅大工町へと向かう道中、気になって仕方がない末吉は、速足で動きながら孝助に訊いた。

「金治親方に旦那様の警護を頼んだのは、どうしてですか。番頭さんや平太さんだけでは心配だから、ですか」

末吉は笑みを浮かべた。

「まあな」

孝助も薄く笑ったが、すぐに引き締まった顔になった。

堅大工町の裏店が見えてきた。末吉から聞いた通りの、かなりの貧乏長屋だった。

「あそこです」

棟割《むねわ》り長屋の真ん中あたりにあるボロ家を、末吉が指さした。

「ちょっと様子を見ましょうか」

「それじゃ、ちょっと臭うかもしれませんが、あの掃《は》きだめの後ろに隠れましょう」

末吉はすばやく移動し、身を屈めた。そこからだと源三郎の家がよく見える。

孝助が末吉に続いた。

「臭いですね」

末吉が顔を顰めた。

「確かに……」孝助も表情を歪めた。「でも我慢しましょう。もし源三郎がおみつ様を拐かしたのなら、どこかに閉じ込めているはずです。あの家の内なのか、それとも……。しばらくしても源三郎が出てこないようなら、あの家を調べましょう」

「孝助さん、あそこを見てください」

末吉が、源三郎の隣家の前に立っている男たちを指さした。武士が二人、格子《こうし》柄《がら》の着物を着た男が一人いた。

「何をしているのでしょうか」

末吉は首を傾げた。

「わからない。が、少なくとも源三郎の家に用があるわけではなさそうだ。その隣のようですね」

孝助が言った。

その時だ。男三人が見張っている家の戸が、がらりと開いた。

そこから商人風の男が出てきた。

商人風の男は、目の前に待ち伏せていた三人の男たちを見て驚きに目を瞠り、慌てて戸を閉めようとした。が、すかさず武士の一人が部屋の中に飛び込んだ。

「卯市、覚悟しろ」

もう一人の武士も刀を抜いて部屋に踏み込んだ。

格子柄の着物の男はその場から離れ、部屋の中を注視している。

「いったいどうしたんでしょうか」

突然の騒ぎに末吉は驚き、孝助に訊いた。

「わからない。でも、あの家から顔を出した男、どこか見覚えがないですか」

孝助は言った。末吉はしばし首を傾げていたが「はいっ」と手を叩いた。

「うちの店の前で源三郎と話し込んでいた男に似ています」

「そう。あの男です」

孝助は頷いた。

男の家の中が騒がしかった。あの中で卯市と呼ばれた男と二人の武士が揉み合っているに違いなかった。

様子を窺っていると、家の中から飛び出してきたのは、果たして卯市と呼ばれた男一人だった。

「こんな大事な日に、余計な邪魔が入った。ここで捕まるわけにはいかねぇんだよ」

卯市は憎々しげな顔で吐き捨てると、外にいた格子柄の着物の男を睨みつけた。

「九平治、覚えていろ」

卯市は九平治と呼んだ男をひと睨みしたあと裏店の狭い道を走り、孝助たちが隠れている掃きだめの横を通り過ぎた。

卯市という男、腕っぷしはなかなかの者のようだ。二人がかりだったとはいえ、あの武士には卯市を捕らえるのは無理だったのだろう。着物姿の九平治が家の中を覗き込むと、武士の一人が刀を杖代わりにして出てきた。

「不覚であった」

残念そうに言った。

もう一人の武士も外に出てくると、額《ひたい》から流れる血を懐紙で拭った。

「あやつ、家の中にあるものを手当たり次第に投げつけおって、飯茶碗が頭に当たったのだ。して、卯市はどちらへ逃げた」

「あちらでございます」

九平治が指さすと、武士二人はその方角へと歩き始めた。

と、一人が、掃きだめの脇に孝助と末吉が隠れているのを見つけた。

「お前たち、ここで何をしておるのだ」

「申し訳ございません。騒ぎを見ておりました」

孝助が頭を下げた。末吉も、それに倣《なら》った。

「そうか。情けないことよのぉ。武士が町人にやられるとはな」

もう一人の武士が苦笑した。二人は、孝助たちの前を歩いて去っていった。

九平治だけがその場に残っていた。

「今の騒ぎは、なんでございますか」

孝助が九平治に近づき、訊いた。

「先ほどここから逃げた男は悪い奴でな、あの二人のお侍は、奴を長年追い続けているという。だから奴の塒《ねぐら》を教えてやったのだよ。そしたらこの騒ぎさ」

九平治は吐露《とろ》した。

「そうでございましたか。ありがとうございます」

「ところでお前たちは、ここで何をしているんだ」

「それはちょっと……。ただの通りすがりでございます」

孝助は答え、頭を下げた。

すると九平治の表情が変わった。何かに気づいたような様子で目を見開いている。

「何かございましたか」

孝助は九平治の異変を見逃さなかった。

「いや、何でもない。お前、何という名だ」

「わたしでございますか。養生屋の手代、孝助と申しますが」

「孝助……。いや、何でもない。失礼した」

九平治は何度も孝助を振り返りながら、その場を去っていった。

「孝助さん、源三郎の家を検《あらた》めましょう。早くしないと巳の刻になってしまいます」

「そうしましょう」

末吉に急かされて孝助は、源三郎の家の前に立った。あれだけの騒ぎがありながら誰も出てこなかったのだから、中には誰もいないのだろう。

戸を開けると、何もないがらんとした空間だけが広がっていた。源三郎はもうここには戻らないつもりで、きれいに片づけたのかもしれない。

「おみつ様はおられませんね」

末吉が残念そうに肩を落とした。

「うーん……。源三郎が手間賃を稼いでいるという稲荷神社は、この近くですね」

「はい、すぐ近くの新石町です」

「では、そこに参りましょう」

「おみつ様は、そこにいらっしゃるのでしょうか」

「きっとそうだと思います。この江戸で、人を隠せる場所がそうそうあるとは思えません。さあ、急ぎましょう。案内してください」

孝助が駆け出した。

孝助と末吉が急ぎ足で駆けだすのを、九平治は離れた場所から見ていた。そして二人の後をつけ始めた。

「右耳の下に星形のほくろがあった……。もしや、あいつはお栄さんの息子なのではないだろうか。確かめねばなるまいて……」

九平治が独り言《ひとりごと》ちた。

五

「なんてことだ。こんな時に清右ヱ門の小者が現われるなんて……」

卯市は、ほうほうの体で本通りを駆け抜けていた。その額には血がべっとりとついている。本通りを往来する人々が、卯市を見て一様に顔をそむけた。

立ち止まった卯市は、持っていた手拭いで額を拭った。手拭いが赤い血でべっとりと染まる。深くないようだが、額に刀傷ができているようだった。

卯市は後ろを振り返る。清右ヱ門の小者――小助と平蔵の二人はつけてきていない。なんとか追尾を振り切ることができたようだった。巳の刻は近い。このまま道浄橋まで行って源三郎と落ち合って、養生屋から金を受け取ってとんずらする計画だったのだが、不安がよぎった。

「あの侍ども、しつこいから、どこまでも追ってくるだろう」

今はまだ二人の姿が見えないが、いずれ見つかるに違いない。

「行かねばなるまい。源三郎が舟を用意して待っているはずだ。とにかく金を受け取って江戸を離れるんだ」

卯市は額の傷を手拭いで隠しながら、道浄橋へと急いだ。

六

「ここです」

末吉が息せき切って、狐《きつね》の像が両脇を固める赤い鳥居をくぐった。

新石町の裏通りを抜けたところにぽっかりと空間があり、稲荷神社があった。神社といっても神主《かんぬし》がいたり社務所があったりするわけではない。狐の像と赤い鳥居、そして小さなお堂があるだけだった。

「中から何やら聞こえる気がします」

末吉がお堂の戸に耳を当てて囁いた。

「本当ですか」

孝助も石段を駆け上がった。そしてピタリと閉められた戸に耳を当てた。木のささくれが耳たぶに触れて痛いが、そんなことを気にしている場合ではなかった。

「おお、確かに何かが動く気配がある」孝助は興奮した。そしてわずかに開いた戸の隙間から「お嬢様、お嬢様！」と叫んだ。

「ううう……」

お堂の中から呻き声が聞こえる。

「早く開けましょう」

末吉が焦って戸に手を掛けたが、鍵と頑丈な閂《かんぬき》で閉ざされていて、容易には開けられそうになかった。

「どうして道具を持ってこなかったのか……」

孝助は口に出して悔しがった。

「長屋で何か探してきます」

末吉が言った。その時だった。

「お困りのようですね。わたしがお役に立てるかもしれません」

格子柄の着物の男が近づいてきた。

九平治だった。

「あなたは……」

孝助は九平治を見つめた。

「わたしは品川の海老屋という宿で働いております、九平治と申します」

九平治が穏やかな口調で名乗った。

「あのぅ……、実は」

孝助が事情を説明しようとした。

「何もご説明は要《い》りやせん。先ほどから見ておりました。この中に大事なお方が閉じ込められているのでございましょう。わたしがお開けいたします」

九平治は笑みを浮かべた。孝助と末吉は、信じられないという顔になった。

「わたしもいろいろな仕事をしておりましてね。ちょいとごめんなさい」

九平治は孝助を脇にどけると、戸の前に立った。そして鍵穴をじっと見つめ、着物の帯から一本の細い鉄線を取り出した。それを鍵穴に差し入れると、じっと耳を澄《す》ませ、何度か動かす。

カチッという音がした。

「開きましたよ」九平治は閂を抜き、戸を開けた。

孝助がお堂の中に飛び込んだ。末吉も続く。

中は暗かったが、開け放たれた戸の間から陽の光が差し込んできた。

「おみつ様！」

孝助が叫んだ。

床に転がされていたのは、おみつだった。両手両足を縄で縛られ、口には手拭いのような布で猿轡《さるぐつわ》を嚙まされていた。

孝助はおみつを抱え起こすと、猿轡を外した。

「孝助！」

おみつは孝助の名を叫び、わんわんと泣き始めた。

「もうご安心ください。大丈夫ですよ」

孝助と末吉は、おみつの両手足を縛った縄をほどいた。

「わたし、わたし……」

おみつは泣きながら事態を説明しようとする。

「おみつ様、詳しいことは後ほど伺います。今は急ぎますので」

孝助は、その場にいた九平治に頭を下げた。

「お力添え、ありがとうございました。わたしはお嬢様の無事を主人に急いで伝えにいかねばなりません。主人は今、身代金を持って、お嬢様を拐かした者のところに向かっておられるのでございます」

「そりゃ大変だ。すぐにお行きなさい」

九平治は頷いた。

「しかし……」

孝助は躊躇《ちゅうちょ》した。目の前の九平治が源三郎の仲間かもしれないからだ。迷っている気持ちが顔に出た。

「ははん、わたしを悪党の仲間と思っておいでだね」九平治は苦笑した。「大丈夫さ。品川の九平治と言やぁ、ちょっとは名の知れた男よ。この辺りじゃ飴屋の金治親方と兄弟の契《ちぎ》りを結んでいる」

「金治親方と、兄弟の契りを結んでおられるのですか」

「おうよ。金治親方を知っているのかい」

「はい」

孝助は俄《にわ》かに笑顔を見せ、末吉に向き直った。

「末吉、お店におみつ様を連れ帰っておくれ。これは駕籠代だよ」

孝助は巾着《きんちゃく》袋から五〇〇文を取り出し、末吉に手渡した。そして九平治に向き直ると、丁寧に頭を下げた。

「九平治様、この者は店の丁稚で、まだ幼くございます。申し訳ございませんが、この者と一緒にお嬢様をお店まで連れ帰っていただけないでしょうか」

「承知だ。任せておくんなさい」

九平治は優しい目になった。

「おみつ様」次に孝助はおみつに視線を向けた。「わたしは旦那様に、おみつ様がご無事であることを急ぎ伝えまして、悪党にお金が渡るのを防ぎに参ります。末吉と、この九平治さんが、ちゃんとお店にご同行いたしますから」

「孝助……」

おみつは心細くなったのか、再び涙を流し始めた。

「よろしくお頼みいたします」

孝助は九平治に改めて頭を下げるや、お堂の外に飛び出した。

七

五〇〇両の入った風呂敷を両脇に抱えて、五兵衛は道浄橋のすぐ近くまで来ていた。

後ろから、そうとは気づかれないような距離を空けて、番頭の勝蔵と手代の平太が付き従っている。

孝助は、おみつを見つけてくれただろうか。おみつの隠されている場所に心当たりがあると言っていたが、信じていいのだろうか。まさか、おみつはもう殺されているのではないだろうか……。不吉な想像ばかりが浮かんでくる。

「旦那様、もうすぐ橋につきますが、おみつ様を連れ去った奴ぁ、どこにいるのでしょう」

後ろから勝蔵が近づいてきた。平太も一緒である。

「おい、お前たち、わたしに近づいたらだめだろう。おみつを拐かした奴に見られているかもしれない。一人で来いという約束なのだから」

五兵衛は険しい顔で声を押し殺した。

「とはいえ、旦那様が心細いと思いまして……。なあ、平太」

勝蔵が平太に同意を求めた。

「はい、その通りです」

そう答えたものの、平太は腰が引けており、猫が足もとを通っただけで「ひえっ」と悲鳴を上げる始末だった。

道浄橋辺りは、巳の刻近くになると、米河岸から米を積んだ舟で賑わっている。

河岸の人たちも多く行き交っている。この雑踏の中で、深刻そうな顔をして大きな袋を抱えて歩く五兵衛と勝蔵、平太は異質な感じがした。

やがて道浄橋の袂《たもと》に到着した。五兵衛が周囲を見渡すが、それらしき怪しい者の姿は見えない。いったいどこから来るのだろうか。

すぐ近くには魚河岸《うおがし》もあり、威勢のいい男たちが橋の上を行き来する。

「もう巳の刻になりました。現われませんね。逃げてしまったのでしょうか」

「馬鹿なことを言うな。逃げてしまったら、おみつはどうなる」

勝蔵が呟いた。

「すみません。おみつ様はきっと無事ですよ。孝助が見つけ出します」

五兵衛が怒った。

「お前、普段は孝助に冷たいが、こんな時にだけ頼りにするのだね」

「ええ、まあ。そうですね」

勝蔵は恥ずかしそうに頭を掻いた。

「おい、養生屋だな」

着物に兵児帯《へこおび》を締めて裾をまくり上げ、脚絆に草鞋を履いた男が近づいてきた。

顔は手拭いで隠しているため、よく見えない。しかしわずかに覗いている顔は色白で、口許《くちもと》もすっきりしているようだった。

河岸で働く男のような身なりだが、武士のような威圧感を放っていた。源三郎である。

「ひえっ」

平太が驚いて悲鳴を上げ、その場に座り込んだ。

「静かにしろっ」

源三郎は懐に隠した脇差を鞘《さや》からわずかに抜いてみせた。

刀身が、きらっと光る。

今度は勝蔵が「ひっ」と悲鳴を上げ、あろうことか五兵衛の背後に隠れた。

「黙れと言っているだろう」

源三郎が小声で制した。

すぐ近くを河岸で働く男たちが行き交っていくが、誰も異変には気づいていないようだった。

源三郎は周囲を気にしながら「遅いなぁ」と小声で愚痴をこぼした。

「あいつぁ何をやっていやがるんだ……」

そこで五兵衛は気丈にも覚悟を決め、源三郎に迫った。

「おみつはどこですか。無事ですか」

「大人しく金を渡せば、娘は無事に返してやる。金は持ってきただろうな」

源三郎が小声で凄んだ。

「ここにあります。おみつの無事を確認できなければ渡せません」

五兵衛は金の入った袋を抱き上げた。

ようやく勝蔵と平太も落ち着きを取り戻し、五兵衛を守るように前に立った。

「素直に金を渡すんだ。騒ぎだてしたら、この刀をお見舞いするぞ」

源三郎は顔を見られないよう、俯《うつむ》き気味に言った。

その時、背後から「待たせたな」と声が聞こえた。

よほど焦ってきたのだろう、息が荒い。仲間の男がやってきたのだ。卯市である。卯市は頬かむりをして、顔を隠している。ただし、その手拭いは血で真っ赤に滲んでいた。

「遅いじゃねぇか」

源三郎が詰《なじ》った。

「邪魔が入ったんだ。さっさと金を受け取って逃げようぜ」

卯市が言った。

「娘は、おみつは、どこにいるのですか。返してください」

五兵衛が身を乗り出した。周囲を警戒して声を潜めてはいるが、それでもやや大きな声になる。

「だから返してやる。さっさと金を渡しやがれ」

源三郎はついに脇差を鞘から抜いた。

「せめて居所を教えてください。無事なんでしょうか」

五兵衛は屈しない。

「お嬢様を、お嬢様を返せ」

勝蔵と平太も声を合わせた。

「金と交換に居場所を教えてやる」

血で染まった卯市が言った。

「必ず教えてください」

「わかったわかった、教えるから、そこに抱えている金を寄越しな」

卯市が言い、源三郎が脇差を閃かせて五兵衛を脅《おど》す。

「だめだ。娘を返してくれ」

五兵衛が叫んだ。勝蔵と平太も叫んだ。周囲の男たちが何事かと足を止め始める。

「おい、金を寄越せ」

源三郎は右手で脇差を突きつけつつ左手を伸ばし、五兵衛から無理やり金を奪おうとした。

「娘を返せ！」

五兵衛は命の危険も顧《かえり》みず、あらん限りの声を張り上げた。

その時、孝助は、五兵衛の叫びを聞いた。

必死で走ってきて道浄橋の近くまで辿《たど》り着いた孝助は、橋の袂に人だかりができているのを認めた。五兵衛だ。勝蔵も平太もいる。そして五兵衛から金を奪い取ろうとしている、男が二人。一人は源三郎に違いない。もう一人は、彼の仲間、あの商人風の男だろう。

「旦那様ぁ！　おみつ様は無事です！」

孝助も、あらん限りの声を張り上げた。

五兵衛が、勝蔵が、平太が、声のする方を振り返った。

「孝助、それは本当か！」

五兵衛が叫ぶ。

「本当です！」そう答えるや否や、孝助は声を張り上げた。「金治親方、頼みます！」

その途端、周囲にいた町人の男たちが、一斉に男二人に襲い掛かった。男たちは通りすがりの町人に扮《ふん》した、金治親方の配下の者だったのだ。彼らはおみつの安全が確認されるまで五兵衛の周辺を監視していた。そして孝助の合図で下手人を取り押さえるという算段になっていたのだ。

突然の事態に、脇差を手にした源三郎は動揺した。逃げ出そうとしたが、金治親方の配下の者に捕まり、身動きが取れない。それでも必死でもがく。源三郎は橋の欄干《らんかん》に足をかけた。すかさず配下の男たちが手を伸ばし、源三郎の着物の裾に手をかける。すると、源三郎は着物を脱ぎ捨てて欄干を越え、川に飛び込んだ。

しかし不運なことに、下は水ではなかった。源三郎は、彼らが逃亡用に用意した舟の上に落ちたのだった。

「ぎゃあっ！」

舟板に激突した源三郎が悲鳴を上げた。落下の衝撃で首が異様な方向に折れ、手足もいびつな恰好に折れ曲がってしまっていた。

「ありゃダメだな」

金治親方の配下の一人が橋の欄干に身を寄せ、下を覗き込んだ。

一方の卯市は、源三郎のように抵抗はせず、素直に捕まっていた。ところが、源三郎が橋から落ちて無残な死に方をしたことで、卯市の腕を捩《ね》じ上げていた男が一瞬そちらに気を取られ、力を緩めた。その隙に、卯市は拘束を振りほどき、小舟町《こぶなちょう》の方向へ脱兎《だっと》のごとく駆け出した。

「待ちやがれ！」

男たちが一斉に卯市を追ったが、死にもの狂いの逃げ足は速かった。

小舟町一丁目、二丁目、三丁目と駆け抜け、ついにどん詰まりの小網町《こあみちょう》まで卯市は逃げた。しかし万事休す、思案橋《しあんばし》から身を投げた。

ドボンという音と水しぶきが上がった。

追ってきた男たちは、しばらく橋の上から川面を見つめていたが、一向に卯市の身体《からだ》は浮き上がってこない。

「こりゃあ駄目だなぁ。死んでしまっただろうな」

一人が言った。

その頃、道浄橋の袂では、孝助が五兵衛におみつの無事を伝えていた。

緊張から解放された五兵衛はその場に蹲《うずくま》り、立ち上がることさえできない。

「旦那様、大丈夫ですか」

勝蔵と平太が心配そうに声をかけ、五兵衛の両脇を抱えた。

「番頭さん、旦那様を頼みます」

孝助は五兵衛の世話を勝蔵に頼み、逃げ出した卯市の跡を追った。

逃げた男の顔ははっきりと確認できなかったが、おそらくはかねて養生屋を探っていた商人風の男だろう。そして、海老屋の九平治や二人の武士が追っていた悪人と同一人物に違いない。頬かむりの手拭いが血で染まっていたのが、先刻二人の武士によってつけられた傷のためだとすれば辻褄《つじつま》が合う。

おそらくあの男は、源三郎と堅大工町の裏店で隣同士に住み、今回の悪事を企てたのだ。

源三郎が橋から落ちて死んでしまった今となっては、その口から正体を探ることはできないが、悪事の主犯はあの商人風の男に違いないと孝助は確信していた。

思案橋の袂で話し合っている金治配下の男たちに、孝助は駆け寄った。

「皆さん、男はどうなりましたか」

孝助が訊くと、男たちは川面を指さした。

「奴は、ここから身を投げたよ。浮き上がってくるかと思ってしばらく待っちゃあいるんだが、一向に上がってこねえ。川底の石に頭を打って死んじまったんじゃねえかな」

「そうですか……」

孝助は肩を落としたが、あの男が死んだとは信じていなかった。二人の武士から斬りかかられても逃げおおせた男なのだ。この川のどこかにひっそりと身を隠していても不思議ではない。

もしかしたら、この辺りの堤防沿いに江戸橋、あるいは霊岸島新堀《れいがんじましんぼり》の方まで泳いで逃げたかもしれない。

男の正体を摑めなかったことが悔やまれる。また何か禍《わざわい》をもたらすのではないかと不吉な予感を抱きながら、孝助は川面を見つめていた。

第六話　卯市の企み

孝助たちの手によって源三郎の魔の手から救われた養生屋の一人娘おみつは、泣いて五兵衛とおさちに謝り、これからは両親を大事に暮らすと固く誓いました。それを聞き、五兵衛もおさちも嬉しさに、また涙、涙でありました。

そしておみつは、以前にもましてますます孝助に首ったけと相成ります。もともと孝助への満たされぬ想いから源三郎との駆け落ちに走ったわけですから、それも当然のことでありましょう。

孝助もおみつのことを憎からず想っております。

収まらないのは番頭の勝蔵でございます。勝蔵は以前から孝助の優秀さに嫉妬しておりましたが、おみつ拐かし事件で、さらに孝助の株が上がったのが許せないのであります。

自分も主人の五兵衛を警護して頑張ったではないかと、悔しい思いが募っているのです。

一

医者の徳庵は、養生屋の奥座敷で庭を眺めていた。

日本橋本町の通りに面した店の奥にこれだけ美しい庭があるとは信じられなかった。決して広くはないものの、庭木、石、苔《こけ》などが巧みに配置され、水が筧《かけい》から細く流れ出てきて手水鉢《ちょうずばち》を満たす音が、静けさを際立たせている。その音に耳を傾けているだけで、徳庵の心は安らかになった。

「さて、五兵衛さんは何用かな」

徳庵は首を傾げた。店の誰かが病を患ったというわけではないようだった。それなのに突然、五兵衛から会いたいと願い出てきた。何か頼みごとでもあるのだろうか。

「お待たせしました」

奥座敷に五兵衛が現われた。

「いえなんの、少しも退屈はしませんでしたよ。水音を聞いているだけで時間を忘れてしまいました」

「それはそれは、ありがたいことです。わたしも考えごとをする際は、この庭を眺めながら手水鉢に落ちる水音に耳を傾けます」

五兵衛は穏やかな笑みを浮かべ、徳庵の前に座った。

「ところで今日は、いかがなされましたかな。病人がいらっしゃるわけでもないようですが」

徳庵が問うと、五兵衛は眉根を寄せて思案顔になった。

「実はご相談があってご足労いただきました」

「はて、伺いましょう」

「孝助のことです」

「孝助が何か」

徳庵の表情がわずかに硬くなった。

「いえ、孝助に問題があるわけではございません。先生も、うちの娘おみつが大変な目に遭ったことはご存じでしょう」

「はい。大変でございましたな。しかし無事に解決してよかったではありませんか」

「あの事件でおみつを助けてくれたのは孝助なのです。孝助の機転がなければ、どうなっていたかわかりません」

「孝助の活躍は耳にしておりまして本当によかったと思っております。養生屋さんに孝助を紹介した身として鼻が高うございます」

「先生には心より感謝申し上げます。そこでですが」五兵衛は膝をぐっと入れ、徳庵に近寄った。「孝助とおみつを添《そ》わせまして、孝助を婿養子に迎えたいと考えておるのでございます」

五兵衛は目を伏せ、やや恥じ入るように続けた。

「おみつはもとより家内のおさちも大いに賛同しております。よくよく聞きますと、おみつは以前から孝助を憎からず想っていたようでございます。ところが孝助が一向に振り向いてくれないものですから、あのような浪人者に心を寄せることになったようです」

「孝助を婿養子に、ですと。それは目出度《めでた》い。何よりのことでございます」徳庵は膝を打って喜びを表わした。「それでは孝助にこの店を継がせるお考えなのですね」

「そのつもりでございます」

五兵衛は頭を下げた。

「それは喜ばしい。孝助は立派な跡取りになるでしょう」

徳庵は溢れんばかりの笑みを見せた。

ところが、五兵衛はまだ浮かない顔をしている。

「いかがなされました。あまり嬉しそうではないようですな」

「実は……」五兵衛は徳庵を見つめ、いま一度頭を下げた。「先生に折り入ってお願いがあるというのは……」

「何なりと仰ってください」

「当の孝助が、この話をあまり有難がらないのです。わたしは孝助に、娘の婿となってこの店を守《も》り立ててもらいたいと申しました。てっきり小躍りして喜ぶものと疑いもしていなかったのです。ところが……」

「ところが……？」

続きを言いづらそうにしている五兵衛に対し、徳庵が真剣な表情で先を促した。

「孝助は、わたしのような者はおみつ様の婿には相応《ふさわ》しくありませんと頑なに首を振る始末。おみつも納得してのことだと言っても、孝助は首を縦に振りません。そこで先生に、孝助を説得していただきたいのです」

五兵衛が一層深く頭を下げた。

徳庵は腕を組み、思案を巡らせた。

「左様ですか……」

「どうして孝助はわたしどもの申し出を断わるのでございましょうか」

五兵衛の頼みに、徳庵は居住まいを正した。

「今日ここにお招きいただいたのは、孝助を説得して欲しいという依頼でしたか」

「左様です。ぜひとも先生のお力で、なんとかしていただきたいと思いまして」

五兵衛の形相《ぎょうそう》に必死さが滲み出ていた。

「孝助は、自分を卑下《ひげ》しているのでありましょうな。その必要はないと常々申しているのですが……」

「孝助に身寄りがないからでありましょうか」

「はい」徳庵は頷いた。「孝助は、親に捨てられた子です。辛《かろ》うじて母親の記憶はあるようですが、父親のことは全く覚えておりません。親から捨てられ、曲独楽師に売られるなど、苦労を重ねております。わたしが助け、あなた様にお預けして、ようやくまともな生活を送れるようになりました。あなた様に感謝しこそすれ、その後釜に座ろうという魂胆《こんたん》など、これっぽっちも持ってはいないのです。どこの馬の骨ともわからぬ自分が、この養生屋の身代を受け継ぐなど、とてもできないと思っているのでしょう」

「やはり……」五兵衛は徳庵を真剣な目で見つめた。「孝助がどのような生まれであろうとも、わたしどもは孝助以外に跡取りはないと考えております。先生、ぜひとも孝助を説得してくださらぬか」

五兵衛は畳に頭を擦《こす》りつけた。

「頭をお上げください。承知しました。孝助をそれほどまでに評価していただいておるのは、わたしにとっても非常に喜ばしいことであります。なんとか尽力《じんりょく》いたしましょう」

「ありがとうございます」

五兵衛が顔を上げたその時、座敷の障子戸に人影が映った。

「誰かいるのかい」

五兵衛が声を掛けると、障子戸が開いた。姿を現わしたのは、番頭の勝蔵だった。何やら焦った顔をしている。

「どうした番頭さん、何か急用かい」

「はい、昨日の売り上げにちょっとした間違いがございまして。それを報告に参りました」

勝蔵が廊下に膝をついたまま答えた。

「原因は分かったのかい」

「はい、分かりました」

「それなら報告は後でよろしい。今、徳庵先生と大事な話をしていますから。下がりなさい」

五兵衛は不機嫌を隠さずに言った。

「失礼しました。申し訳ございません」

勝蔵は頭を下げたまま、障子戸を閉めた。

二

勝蔵は奥座敷から店に戻りつつ、腹立たしさに身を捩《よじ》っていた。廊下沿いの障子戸という障子戸を拳で突き破りたいほどの怒りに打ち震えていた。昨日の売り上げ帳簿の間違いについて報告しようと参じたところ、五兵衛と徳庵の会話が偶然漏れ聞こえたのだ。

――わたしも旦那様の危機を救うために命を張った。それなのに旦那様は孝助のことばかり褒めている。わたしのことを蔑《ないがし》ろにし過ぎだ。おみつ様の婿に孝助を迎え入れ、養生屋を継がせるだと？　いったいどういうことだ。わたしは孝助に使われる立場になるのか。養生屋に丁稚で世話になって二〇年以上、真面目に勤めてきた。ようやく番頭になった……あわよくばおみつ様の婿になって、わたしがこの養生屋の主人になるつもりだった。旦那様も、孝助が現われるまではそのようなおつもりだったはず。孝助め。あいつが来たばっかりに……。

勝蔵は、険しい形相でぶつぶつと呟きながら店に戻った。

手代の平太の姿が目に留まった。

――あいつは、わたしの言うことならなんでも聞く男だ。あいつに孝助を亡き者にするよう頼もうか。

勝蔵の心の中で悪魔が囁き始めた。

「番頭さん、どうかされましたか」

平太が声をかけてきた。

「うん、何でもない」

勝蔵は、先ほど浮かんできた悪魔の考えを打ち消そうと頭を振り、手で平太を追い払うような仕草をした。持ち場に戻ろうと歩を進める。

「顔色が悪いですよ」

「そうか？」

平太に言われ、勝蔵は立ち止まった。

「わたし、番頭さんがお考えになっていること、よく分かります」

平太は周りを警戒するような仕草をして、勝蔵に耳打ちした。

「わたしがどんな考えをしているというのだね」

「孝助のことでしょう」

平太は、心の中を覗き込むような鋭い視線を勝蔵に向けた。

「むむむ」

勝蔵は言葉を呑み込んだ。

「わたしも同じです。わたしたち、旦那様のために頑張りましたよね。でもみんなお褒めの言葉は孝助に持っていかれてしまいました。おみつ様までもが、今では孝助、孝助ですよ。わたし、立場がないです」平太は不満に頬を膨らませている。「番頭さんも同じではないですか」

「わ、わたしは、そんな」

勝蔵は動揺した。平太に心の内を見抜かれてしまったからだ。

「いいですよ。わたし、番頭さんの味方ですから。わたしたちだけが貧乏くじを引いたんです。こんな面白くないことはありませんよ」

平太は容赦《ようしゃ》ない。まるで勝蔵の中に巣くっている悪魔が平太に姿を変えたかのようだった。

「そんなことを考えるより、ちゃんとお勤めしろ」

動揺を隠しながら、勝蔵は平太に命じた。

「わたしはこう思うんです。旦那様は絶対に孝助を跡取りにするってね。あいつは二枚目だし、仕事だってできる、跡取りにはぴったりですからね。少なくともわたしたちよりはね」

平太は自嘲《じちょう》気味に笑った。

勝蔵は周囲を見回し、気が気ではなかった。いつ何時、他の丁稚が近くに現われるか分からない。平太との会話を聞かれ五兵衛に告げ口されたら、大変なことになるではないか。

「あっちに行け」

「まあ、ちょっと聞いてください。面白い男に会ったのです。きっと番頭さんの役に立ちます。今夜、仕事終わりに豊島屋《としまや》でどうですか?」

平太が盃を傾ける恰好をした。豊島屋は最近人気の煮売り酒屋である。美味い田楽《でんがく》と上方《かみがた》の酒を飲ませることで評判だった。元は田楽など酒の肴になりそうなものを何でも四文で提供する露店だったが、人気を得て、狭いながらも鎌倉河岸《かまくらがし》の三河町《みかわちょう》に店を構えるまでになったのだ。

本町の養生屋からは少し歩かねばならないが、行けない距離ではない。平太が手代の分際《ぶんざい》で豊島屋を知っているとは驚きだが、酒好きの勝蔵も一度、行ってみたいと思っていた店だった。

「わかった。店の者に分からぬようにな」

「はい、承知でございます」

平太は腰を曲げた。わずかに笑ったように見えたのが、勝蔵は気になった。平太は思った以上に悪《わる》なのかもしれない……。

三

九平治は、お栄の部屋に行こうかどうしようか迷っていた。

最近、お栄の体の具合がどんどん悪くなっている。咳《せ》き込《こ》むだけでなく、たまに枕紙に赤い血が交じることもある。肺を病んでいるのかもしれない。楼主に知られると宿から追い出されてしまう可能性がある。そうなると女郎は野垂《のた》れ死《じ》ぬしか道はない。年季が明けて里に帰ったり、身請《みう》けされて商家の嫁に収まったりする幸運な女郎はほんの数えるほどしかいないのだ。大半は野垂れ死に、遺体は寺に放り投げられ、誰に弔《とむら》われることなく無縁仏になるのが定めだった。

九平治は、お栄をそんな目に遭わせたくはなかった。できれば自分が身請けしたいが、宿の若い者と女郎が一緒になることはご法度である。

九平治は自分の立場をよく弁《わきま》えていた。自分にできる範囲でお栄を助けたいと考えていた。お栄を女郎に堕《お》とした張本人である卯市をあの二人の武士に襲わせたのも、そのためだった。これで卯市は、海老屋に近づくことはないだろう。

あの騒動で見かけた若者の右耳の下には、星形に並んだほくろがあった。そして孝助という名だと聞いた。もしや、お栄が捨てたと話していた子どもではないだろうか。このことをお栄に話すべきかどうか――。

お栄は子どもに会いたいのか。それとも会いたくないのか。孝助の方はどうだろうか? お栄に会いたいのか。自分を捨てた母親に憎しみを抱いていないのか。もし憎しみを抱いているなら、かえってお栄を苦しめるのではないか。それに何より自分の母親が女郎に堕ちている姿を、子どもが見たいと思うだろうか。

「本当にあの若者がお栄さんの子かどうか、しっかりと証しを摑むことだ。確実にお栄さんの子だと分かったら、その時どうするか考えりゃいい」

九平治は、仕事の合間を縫って養生屋の孝助を見守ることにした。

四

孝助は、徳庵に声をかけられて本石町十軒店にある評判の鰻屋野田沢《のださわ》に来ていた。

鰻を食べたことがあるとはいっても、それは路上で売られている一六文の鰻の辻売りから買ったものだった。鰻屋に入るのは孝助にとって初めてのことだった。この鰻屋では、蒲焼《かばや》きが二〇〇文もする。手代の身分ではとても高くて手が出せない。

「野田沢の鰻を食べないか」と徳庵に声をかけられた時には、嬉しくて卒倒《そっとう》しそうだったのである。

孝助の目の前に、醬油《しょうゆ》の照りが映えた鰻の蒲焼きが出された。喉も腹も鳴る。香ばしい香りが、食欲を刺激した。

「さあ、いただこうか」

「ありがとうございます。いただきます」

徳庵に促され、孝助は鰻に箸をつけた。鰻を口に運ぶと、えもいわれぬ香りが鼻孔《びこう》を刺激する。口中いっぱいに香ばしさが広がり、嚙むと旨味が溢れ出てきて、思わず笑みがこぼれた。

「美味しいか？」

「はい、美味しいです」

「こんな鰻を毎日食べたいと思わないか。そうなると、嬉しいだろう」

徳庵が笑いながら訊いた。孝助は鰻を口に含んだまま、不思議そうな顔で徳庵を見た。

「そりゃ先生、嬉しいに決まっていますが、そんな贅沢を続けていると、人間が駄目になります。先生の教えを守って一汁一菜《いちじゆういつさい》、米は玄米にいたします」

孝助は鰻をごくりと呑み込むと、真面目な顔で答えた。

「ははは、相変わらずじゃのぉ」

徳庵は陽気に笑った。

「どうしてこんなことを言ったか分かるか？」

徳庵は、孝助をジロリと見つめた。

孝助は、目を伏せた。その仕草だけで、徳庵の言いたいことを承知しているのは明らかだった。

「孝助、どうだ。ありがたい話ではないか」

徳庵は蒲焼きをつまみに酒を飲みながら言った。

「わたしがおみつ様と一緒になり、養生屋の跡継ぎになるというお話を旦那様からいただきました。しかし、わたしは……養生屋のような立派なお店の跡継ぎになれるような人間ではありません」

孝助は目を伏せたままだった。鰻をつまんだ箸は止まっている。

「自分を卑下しているのか」

「そういうことなのかもしれません。わたしは母に捨てられ、父のことは覚えてすらいません。どこの馬の骨ともわからぬ者を養生屋の跡取りにしたら、養生屋の評判を落とすことになります」

「まあ、鰻を食べなさい」

徳庵に優しく勧められ、孝助は再び鰻を口にした。しかし、先ほどのように美味しく感じられなくなっていた。悲しみが胸を塞《ふさ》いでいたからだ。

「母は、なぜわたしを捨てたのでしょうか。父はいったい誰なのでしょうか。その思いがずっとずっと胸の底に澱《おり》のように溜まっておりまして……。わたしはいったい何のためにこの世に生を享《う》けたのか。時折、強烈な疑問に囚われてしまうのです」

孝助は顔を上げ、悲しげな目を徳庵に向けた。

「お前の気持ちはわからぬではない。しかし、大切なのは今じゃ。お前がどんな生まれであろうと、父や母の正体がわからずとも、わたしはお前を愛しておるし、五兵衛殿もお前を高く評価しておられる。それに店の丁稚たちもお前を慕っておるではないか。お前は一人ではない。立派に胸を張って生きていけばいいのだよ。お前は人一倍、苦労をしておる。苦労した者は人の痛みが分かろうといううものだ。良い店主になると思う」

徳庵は優しく諭した。

「ありがとうございます」

孝助の目から大粒の涙が落ちた。

「肝心なことだが、おみつ殿のことをどう思っているのだ」

徳庵の問いに、孝助は顔を上げた。その顔には笑みが浮かんでいた。

「お助けすることができて、よかったと思っております」

「そうではない。好いているのかと訊いておるのだ」

徳庵も笑みを浮かべている。

「こんなことを申し上げると恥ずかしくもったいないのですが、良い方だと思っております」

孝助は、はにかみながら明かした。

「ああ、じれったいのぉ。要するに、好いておるということだな」

徳庵が迫ると、孝助は少し考えるかのように間を置き、うつむきながら「はい」と答えた。

「分かった。今回の婿養子話は承知ということで、わたしが話を進めるが、それでよいな」

　徳庵が念を押した。

「お願いしますと言いたいのですが、わたしの父や母のことが分からないままでは、なんとも答えようがございません」

　孝助は眉根を寄せた。

「まだそんなことを言っておるのか。生まれ落ちたら父も母も関係ない。孝助、お前次第だ。お前が養生屋の跡目を継ぎ、立派な主人となり、世に名前が轟《とどろ》けば、父も母もお前の前に現われるであろう」

「そうでしょうか」

「疑問の余地はない。お前がおみつ様を憎からず思っているのであれば、この話はわたしが進めるが、よいか」

　孝助は箸を置き、俯いて黙り込んだ。

「どうした。承知ではないのか」

　徳庵は表情に苛立ちを滲ませた。

「もう少し考えてみたいと思います。先生のお気持ちは大変嬉しいのですが……」孝助は居住まいを正して低頭した。「申し訳ございません」

「何事にも機があると、古《いにしえ》の人は言った。こんないい話を掴み損なうではないぞ」

「はい、分かっております」その時ふと、気になることが孝助の脳裏に浮かんだ。「先生……」

「何か、まだあるのか」

「あの事件の際、源三郎は亡くなりましたが、もう一人はどうなったのでしょうか」

「金治親方のお仲間に追い詰められて思案橋から身を投げた男のことか」

「はい」

「今頃、魚の餌になっているだろう」

「わたし、どこかで見たような……そんな気がするのです」

「他人の空似ではないのか」

「そうかもしれません。でもあの男は本当に死んでしまったのでしょうか」

「悪は滅びるものだ」

徳庵は力強く言いきった。

「そうだといいのですが……」

孝助はそう答えながらも、不安を覚えていた。

五

勝蔵の目の前に、目を細めて燗酒《かんざけ》を美味そうに飲んでいる男がいた。

「そちらの手代の平太さんとは、この煮売り屋で一杯飲んでいる時に知り合いになりましてね……」

平太に視線を向けながらそう言った男は、卯市だった。以前は二枚目の優男であったが、今日はすっかり様子が変わっていた。額に傷があり、その表情は険しい。

「今度、番頭さんをお誘いして飲みましょうってことになりましてね。今日は嬉しいですよ」

平太が媚びるような口調で言った。

「そりゃまたどうも」

勝蔵は評判の田楽をつまみ、口に入れた。焼き豆腐に甘めの味噌を塗った田楽を一つ、口に入れた瞬間から、じゅわっと旨味が広がった。

「お近づきになれて嬉しゅうございます。ところでどんな商いをされているんでしょうか」

勝蔵は田楽を口に入れたまま、卯市に訊いた。

「言うほどのこともない、しがない商いでございます。口入れ屋を少し商っています」

卯市は淀《よど》みなく答えた。口入れ屋とは桂庵《けいあん》とも人宿《ひとやど》とも呼ばれる人材派遣業である。

「そりゃいい仕事でございますな」勝蔵はかぶら蒸しに手をつけて、たちまち表情を綻ばせた。「これも美味い。ところで、江戸はいつでも人手不足でございますから、よく稼げるでしょう」

勝蔵は生来の疑り深さから、卯市の素性が信頼できるものかどうか探っているような口ぶりだった。

「いや、まあ、そんなには儲かりません」

卯市はそつなく答え、酒を飲んでいる。

「うちの店もいい人が集まらなくて困っております。よかったらご紹介をお願いいたします」

「それはそれは、もったいないお話で。今を時めく養生屋さんに出入りさせていただけたら、口入れ屋冥利に尽きるというものです」

「卯市さん、そろそろ例の話を……」

平太が口角を引き上げて、下卑た笑いを浮かべた。

「ああ、そうしますかね」

卯市は気乗りしないのか、笑みを引っ込めた。

「例の話って何だね、平太」

勝蔵が平太に視線を向けた。

「へい、まあ、お聞きください。番頭さんもきっと驚かれますから」

平太は薄笑いを浮かべて答えた。

「しょうがないですな。口を滑らせたわたしが悪いですからね……」

卯市はぐずぐずと口ごもっている。

「卯市さんは口入れ屋ですから、いろいろ面白い話をご存じなのです」平太は卯市を見つめ、話を促した。「養生屋に関しても……ね、面白い話をご存じなのですよね」

「平太さんは聞き上手でございますから、ついうっかり、漏らしてしまいました」

卯市は仕方がないという顔をした。

「ああ、じれったい。早く聞かせてもらいたいですな。その面白い話とやらを」

勝蔵は空になった酒の徳利を横に倒した。

「ではお話ししましょう」卯市は盃を置いた。「養生屋さんには、孝助という手代さんがおられますね。なかなか賢い方だとかお聞きしております。ご主人の覚えが非常に目出度いとか……」

卯市は勝蔵の腹の中を探るように、その目をぐっと覗きこんだ。

「ええ、おりますが」

勝蔵は気難しい顔をした。

「いずれは養生屋の跡継ぎになられるのではないかともっぱらの噂でありますが、いかがですか」

卯市の問いに、勝蔵は表情を強張らせた。五兵衛と徳庵の会話を盗み聞きしてしまったことを見透かされた気がしたからだ。五兵衛は、孝助をおみつと一緒にして養生屋を継がせたいと考えているようだった。その話が、もうこの卯市なる口入れ屋の耳に伝わっているのか。それともこの男は鎌をかけているのか。

「そんな噂があるのですか」

勝蔵はわざと驚いてみせた。

「養生屋の一人娘さんが拐かしに遭ったことは街の評判になっております。その際、娘さんを勇敢にも救い出したのが孝助だという、もっぱらの噂ですよ。主人が娘婿に迎えないという法はないでしょうな。まあ、そういうことです」

「そうでしょうな。その話は勇猛果敢な孝助の美談として広まっております。養生屋の評判さえも引き上げました。普通ならお嬢様が悪い男に引っかかって拐かしに遭ったということで、評判が悪くなっても仕方ないのですがね」

勝蔵は口角を歪めた。孝助の評判が上がったことが、心底面白くない。

「あなたがたは割を食いましたね」

卯市がにやりと笑った。

「な、何を言うのですか」

勝蔵は慌てた。またしても心の中を見透かされたような気がしたのだ。

「実際、割を食いましたよ。ねえ、番頭さん」

平太が渋い顔で勝蔵に同意を求めた。

「番頭さんも平太さんもご主人を守って奮闘されましたのにね。誰も褒めてくれなかったようですね。あらあら、わたし、まるでその場にいたようなことを口にしてしまいました。失礼いたしました。そんな噂を耳にしたものですから」

「そんな噂が流れているのですか」

勝蔵は苦虫を嚙み潰したような顔になった。

「はい、評判がいいのは孝助だけですね」

「腹が立つ奴だ」勝蔵が吐き捨てた。「それで、どんな面白い話を聞かせていただけるのですか」

勝蔵は徳利を抱えて盃に酒を注ぎ、一気に飲んだ。

「その孝助のことです。あの男に養生屋の跡取りになる資格がありますかっていう話ですよ」

「どういうことですか」

勝蔵は身を乗り出した。

「番頭さんは、孝助の素性をご存じですか」

「いや、存じません」

「耳の穴をかっぽじって聞いてくださいよ」

すでに卯市から聞いているのだろう、平太が嬉しそうに薄笑いを浮かべていた。

「孝助は、品川の女郎が産んだ子なのです。そんな男が天下の養生屋の跡取りでいいんですか」

卯市はしたり顔で告げた。

「女郎の子……それは本当ですか」

勝蔵は絶句した。

「本当です」

卯市は平然と頷いた。

「孝助には身寄りがないと聞いていたが……女郎の子だったのか」

勝蔵は息を整え、気を鎮《しず》めて、まじまじと卯市を見つめた。

「ある女とやくざ者の男の間に孝助ができましてね。やくざ者は女を女郎屋に売り、孝助を捨てたってわけです」

「その話をどこでお聞きになったのですか」

「口入れ屋をやっていますと、いろいろ耳に入るのですよ」

「なぜその話をわたしや平太にするのですか」

「平太さんにお会いしてお話を聞いていますとね、番頭さんこそ養生屋の次なる主人に相応しいと思ったのです。長い間、誠心誠意お勤めになりながら、もし孝助が主人になったら、おそらく年上のあなた方は、お払い箱になるんじゃありませんか。そんなことはないと仰るのは当然ですが、世の習いってものがありますからね。若い主人に代替わりしたお店では、古手の番頭さんらが暖簾分けという名で体《てい》よく追い出されているのはご存じでしょう。若い主人には使いづらいですから」

「そのようなことは、旦那様がされるはずはないと思いますがね」と勝蔵は否定してみせたが、実際その通りだと思った。孝助があまりに五兵衛に可愛がられるものだから嫉妬して、孝助を苛《いじ》めてしまったのだ。もし孝助が跡取りになったら追い出されるに違いない……。

「跡取り候補の孝助が女郎の子だという噂が立てば、さすがにご主人も考え直すのではないですか」

「そうかもしれません……」

勝蔵は頷いた。

「番頭さん、この噂を広めましょうよ」

平太が勝蔵を励ますように提案した。

「平太、ちょっと待て」勝蔵は平太を制してから、卯市に向き直った。「あなたはわたしのためにこの話を教えて下さったのですか」

卯市の考えが今一つ、勝蔵の腑《ふ》に落ちなかった。孝助の悪評を流したところで、卯市にどんな得があるというのか。

「勿論ですよ。他に何があるというのですか。番頭さんを助けたいという平太さんの強い思いに打たれましてね。孝助の出自について平太さんにお話ししたところ、番頭さんにもぜひお話しして欲しいと言われたものですから」

「そうですか。それはありがたいことです」

「もし番頭さんが養生屋を継がれるようなことになりましたら、わたしの方にも何卒《なにとぞ》、福をお分けください」

卯市は頭を下げた。

「勿論ですよ」

勝蔵を養生屋の跡継ぎにすることで甘い汁を吸おうというのが卯市の狙いなのか。卯市の考えが分かったことで勝蔵は安心して、笑みを浮かべた。孝助の悪い噂を流すことで五兵衛の孝助に対する思いが変われば、それだけでも憂《う》さが晴れるというものだ。

「番頭さん、やりましょう」

「ああ、たまには孝助の鼻を明かしたいからな。やろうじゃないか」

「いろいろ仕掛けをしましょうかね」

卯市がにやりと笑った。

六

店内の空気が微妙に変わった。

今までは打てば響く勢いのよさ、切れのよさがあったのだが、孝助の周りの空気だけが何となく澱《よど》んでいた。丁稚たちもよそよそしい。末吉だけは以前と変わらないが、他の丁稚たちは孝助とわずかに距離を置いているように感じられる。

主人の五兵衛さえ、わずかに変わったようだった。「孝助、孝助」と何かにつけて呼んでいた五兵衛が、滅多に声をかけてこなくなった。

いつも孝助に辛く当たっている番頭の勝蔵や手代の平太は、冷たい目で孝助を見て、声もかけてこない。二人の苛めや冷たい扱いについては慣れているのでそれほど違和感は覚えないが、それでも以前より冷淡さを増していた。

いったい何があったのだろうか。孝助は気に懸かって仕方がなかった。

「孝助さん、あのぅ、ちょっと……」

丁稚の末吉が、周囲に目を配りながら小声で話しかけてきた。

「どうしたのですか」

「ちょっと耳をお貸しください」

言われるまま孝助は体を屈め、末吉に右耳を向けた。その耳元に、末吉が囁いた。

「えっ、何だって……そんな噂が？」

孝助は愕然《がくぜん》とした。

「はい。どうやら旦那様のお耳にも入っているようです」

「知らなかったのはわたしだけなのかい？」

孝助は女郎の子であり、養生屋の跡取りには相応しくない——そんな噂が流れているのだという。

「最初は、孝助さんがおみつ様と一緒になって養生屋の跡取りになるかもしれないという噂が流れてきたんです。その後に、この噂が……」

「わたしとおみつ様のことは、決まったわけじゃありません」

孝助は怒りを覚えた。

「おいらたちは皆、孝助さんが跡を継げばいいなと思っています。そんなところに変な噂が流れて、旦那様が心変わりされるのではないかと心配なのです」

「その噂を旦那様の耳に入れたのは誰だか分かりますか」

「番頭さんじゃないでしょうか。じゃなければ平太さん。この噂が流れてから二人でこそこそ話していることが度々《たびたび》ありますから」

「そうですか……。知っての通り、わたしには身寄りがありません。母のことも父のことも知りません。ですから、もしその噂が本当ならば反対に嬉しいことです。母親が見つかるかもしれないわけですからね」

孝助は顔を強張らせながらも気丈に笑みを浮かべた。

「ほっとしました。変なことをお耳にお入れして、すみません」

末吉が頭を下げた。

「いいんです。気にしないでください。わたしはわたしです。そんな噂には負けませんから」

孝助は明るく言った。しかし内心では、五兵衛が噂を気にしているようであれば、おみつとの話はなかったことになるだろう。そうなったとしても、それはそれで仕方がないこととして受け入れざるを得ないと覚悟した。

「あのぅ、お客様です」

末吉が去ったあと、別の丁稚が孝助のところにやってきた。

「はいはい、今伺います」

孝助は前掛けの紐を締め直した。

「あちらの方です」丁稚が指し示した。「どうやら薬を買いにこられたのではなく、孝助さんに会いたいと……」

店先に男が立っていた。紺の着物の着流し姿だった。

「あっ」

男の姿を見て、孝助は思わず声を上げた。

額に傷ができていて、やや崩れた印象が異なってはいるが、以前、養生屋の店先で源三郎と話していた男だった。

そして源三郎と手を組み、おみつを拐かして金を奪おうとして失敗し、思案橋から身を投げた男――。

死んだと思っていたが、やはり生きていたのか。

なぜ男は堂々と現われたのか。奉行所に通報すれば捕まるのは必至《ひっし》である。

孝助は息を吞み、着流しの男を真っ直ぐ見つめた。名指しで孝助に会いたいというからには、何か理由があるのだろう。覚悟を決めて会うことにした。

丁稚が不安げに孝助を見つめていた。彼なりに不穏な空気を感じているのだろう。

「いらっしゃいませ。ご用件はいかがなものでございますか」

孝助は男に歩み寄って声を掛けた。

「大きくなったな」男は、にたりと笑った。「俺を覚えていないか」

「申し訳ございません。初めてお会いするかと思いますが……」

「そうかい。まあ、いいや。ちょっといいか」

男は片手を上げ、孝助を店の外に誘い出そうとした。

「店を離れるわけにはいきません」

「堅いことを言うなよ。ちょっと、そこの角までだ。人に聞かれたくないこともあるだろう」

「分かりました」

孝助は男の後に従って店の外に出て、裏店に向かう角まで歩いた。

男は角に身を隠すように立ち止まると、孝助に向き合った。

「俺は卯市という者だ。名に覚えはないか」

「ございません」孝助はきっぱり頭を振った。「わたしは、あなたがあの源三郎と組んでおみつ様を拐かし、金品をせしめようとされたことは存じております。ここで大声を上げて人を集めて、奉行所に突き出して差し上げましょうか」

「ははは……」卯市は笑った。「やればいいさ。困るのはお前だよ」

「なぜわたしが困るのですか」

孝助の表情が険しくなった。

「お前に記憶がないのも仕方がない。別れたのが随分と昔だからな」

卯市の目の光が一瞬、和《やわ》らいだ。

「別れた？」

孝助は首を傾げた。

「そうよ。俺は、お前の父親だからな」

卯市は孝助にぐっと迫った。思いもよらない言葉に孝助は目を瞠り、言葉を失った。

「覚えていないのも仕方がねえが、お前を相生町の裏店の知り合いに預けて江戸を離れたのが、かれこれ十年も前だ。お前も今年、十六になったんだろう」

卯市は懐かしそうに目を細めた。孝助は何も言えずに、ただ、黙っていた。

「捨てて悪かったなぁ。苦労しただろう。しかしなあ、捨てざるを得ない事情があったんだ。許してくれ」卯市は軽く頭を下げた。「突然のことで信じられないだろうが、父親が養生屋の娘を拐かしたっていうのは、何とも他人聞《ひとぎ》きが悪いことだなぁ」

卯市は薄く笑った。

「あなたがわたしの父親だとは信じられない」

ようやく孝助が口を開いた。まだ驚きで息が上がっている。

「信じるも信じないもいいさ。事実は事実だ。もし俺がお縄になったとして、養生屋の娘を拐かしたのは息子であるお前の手引きがあったからだと申し立てたら、どうなるかね」

卯市の厭《いや》らしく粘りつくような物言いに、孝助は震えが来る思いがした。

おみつの拐かしに孝助の手引きがあった——そんな話は誰も信じないとは思うが、世間というのは分からない。どんな嘘も罷《まか》り通り、いつの間にか真実になってしまう。

「あなたは何を言いたいのですか」

孝助の顔は強張っていた。

「ようやく自分の立場が分かったようだな」

「わたしは仕事があります。もう行きますよ」

孝助は動揺を隠しながら言った。

「まあ、待ちねぇ。俺はお前の父親だ。お前に迷惑をかけるようなことはしない。ところでお前、母親のことを知りたくねぇか」

卯市の発した「母親」という言葉を聞いた瞬間に、孝助の胸は痛いほど締めつけられた。

「知りたいと言ったら？」

孝助は声を絞り出した。

噂によれば、孝助の母は女郎だという。それが事実かどうか、知りたいような知りたくないような……。

「俺は、お前の母と一緒に江戸を離れた。名はお栄という」

お栄……。

孝助の記憶が呼び戻された。

「今どこにいらっしゃるのですか。知っているなら教えてください」

卯市が悪人であることは承知の上で、孝助は、母の消息を知っているなら土下座してでも教えてほしいと、切な思いを止めることはできなかった。

母の名を聞いた瞬間に、優しい面影《おもかげ》が浮かんできた。「絶対に負けるんじゃないよ」と言った母の声が耳の奥に響く。その言葉を胸の内で繰り返すことで、孝助は今まで苦労に耐えてきた。

「会いたいか」

「会いたいです」

「金が要る。俺は江戸を離れようと思っている。そのためには金が要るんだが、今、急ぎで必要なのは、お前の母親のためだ」

「どういうことですか」

「お栄は女郎になっている。全て俺が悪いんだ。どうしてもそこから救い出してやりたい。身請けするためには五〇両が要る。俺が悪さをしてきたのも、お栄を女郎屋から救い出すためだったんだ」

卯市はいかにも悲しげな表情で言ったが、真っ赤な嘘だろう。おみつの身代金として要求してきたのは五〇両だった。そんな大金は不要のはずである。

「本当に、わたしの母は女郎になっているのですか」

「そうだ。品川の海老屋にいる」

「品川の海老屋ですね。母を助けるために五〇両が要ると。それをあなたに渡せばいいのですか」

「その通りだ。分かっているじゃないか」卯市はにやりと口角を引き上げた。「俺に渡してくれれば助け出してやる。それが叶えば、俺はお前の前から消えてやる」

「分かりました。お金は何とかしたいと思いますが、まずその前に、母に会わせていただけませんか」

「お前、海老屋に行きたいのか」

卯市の表情に、わずかな躊躇《ためら》いが覗いた。

「はい。すぐにでも母に会いたいです」

「そりゃ無理というものだ。女郎に会うためには客にならなければならない。お前、母親の客になるってぇのか。そんな畜生《ちくしょう》のようなことはできまい。俺に金を渡せば、必ず会わせてやる。俺はお前の父親だぞ。信じろ」

卯市は、やや焦った様相を見せた。

「分かりました。お金は、どうすればいいですか」

孝助は力なく肩を落とした。

「三日後にお前に会いにくる。それまでに金を用意しておいてくれ。三日後だぞ。じゃあ、俺は行く」

卯市は周囲に目を光らせると、そそくさと通りに出て、人込みに紛れてしまった。

孝助は卯市の後ろ姿が見えなくなるまで、その場に佇んでいた。

後ろを振り返って孝助の姿が見えないことを確認してから、卯市は悔しそうに舌打ちをした。母に会わせてやると言えば孝助は一も二もなく金を用意すると思っていたのだが、見込みが外れた。孝助は「まずお栄に会ってから」と言った。最後には納得したように見えたが、息子なら、どんなことをしてでも生き別れた母親に会おうとするに違いない。そうなると嘘がばれる……。

「ここはひとつ勝蔵を使うか」

卯市は呟いた。嘘がばれないうちに金を取る方法を思いついたのだ。

七

孝助は歩きながら、どうするべきか考えていた。

あの卯市という男には全く信用が置けない。父親だと言っていたが、懐かしさも嬉しさも、微塵も感じなかった。あの男がもし本当の父であったら、孝助は養生屋にこのまま勤めるわけにはいかないだろう。

孝助の母が女郎であるとの噂は既に流れている。それに加えて父が咎人《とがにん》——それもおみつを拐かした一味の片割れとなると、孝助の信用はがた落ちである。五兵衛も跡取りにしようとは思わないだろう。

それはともかく、孝助は母のお栄に会いたくて堪らなかった。

「五〇両か……」

孝助は天を仰いだ。そんな金はない。徳庵は貧乏だから、とても用意できないだろう。五兵衛に頼み込もうか。何と言って頼めばいいのか。

卯市の言うことが本当であれば、母は品川の海老屋にいるらしい。孝助の足取りは重かった。

養生屋の近くまで戻ると、おみつが小走りに駆け寄ってきた。

「孝助さん……」

「お嬢様……いかがされましたか」

孝助は、おみつの表情が暗いのが気になった。

「孝助さんこそ顔色が悪い……」

おみつの表情がますます翳《かげ》った。

「いろいろありまして」

孝助は俯き気味に言った。

「わたし……わたし……」

おみつが、思いつめた表情で孝助を見つめていた。

「……」

孝助も黙っておみつを見つめる。

すると、おみつが躊躇いを振り払ったような決意のこもった表情で、孝助の両手をむんずと摑んだ。

孝助は驚いたが、手を振《ふ》り解《ほど》こうとはしなかった。

「わたし、何があっても孝助さんと一緒になりたいと思っています。どんなことを言われても構いません。命の恩人だから言っているのではありません。ずっとずっと孝助さんのことをお慕いしていたのです」

「お嬢様……」

孝助は一瞬、おみつの大胆な告白に戸惑った。

孝助は悟った。おみつは五兵衛に、孝助との結婚を反対されたのだろう。孝助が婿養子になるという話が出た際には、おみつは大いに喜んでいた。ところが今は不安で倒れてしまいそうになっている。

あの噂のせいだ。噂を聞いた五兵衛が、女郎の子である孝助を婿養子にすることを躊躇しているのだ。

おみつは五兵衛の反対を押し切って、自分の思いを孝助にぶつけてきている。おみつの激しいばかりの純粋さに、孝助の心は揺さぶられた。孝助も、このまま沈黙しているわけにはいかなかった。

「わたしが養生屋の跡取りには相応しくないとの噂が流れているのですね」孝助が言うと、おみつは悲しげにこくりと頷いた。「旦那様も噂をお聞きになり、以前と態度をお変えになったのでしょうね。わたしはこれから、その噂の真偽を確かめにいかねばなりません」

「どこへ行かれるのですか」

「わたしの父だと名乗る男が現われました」

「えっ！」

おみつは目を瞠り、驚きの声を上げた。

「そいつは非常に悪い男です。もしその男が実の父であったとしても、認めることはできません。しかし、その男が言うには、わたしの母はお栄といい、品川宿の海老屋という店で女郎として働いているようなのです」

「女郎として……」

噂通り孝助の母が女郎であると聞いて、おみつの表情が強張った。

「そんな生まれの人間が養生屋の跡を継ぐなど、許されることではありません」

「いいえ、そんなことはありません。わたしは気にしません」

おみつが決然と否定した。

「お嬢様がよくても、世間が許しません」孝助は、おみつを見つめる視線に力を込めた。「最後まで話をお聞きください」

「はい」

おみつは素直に返事をした。

「これから品川宿に参ります。わたしは今、不思議な思いに囚われています。母が女郎でなければいいとは思っていません。噂が嘘であってほしいとも思っていません。たとえ母がどんな境遇にいようと、会いたいのです。別れ際に『絶対に負けるんじゃないよ』と言ってくれたことを支えに、今日まで生きてきました。男が言うには、母を助け出すには五〇両が必要なのだそうです」

「五〇両も……」

「母が海老屋にいるならば、どんなことをしてでも金を工面して、母を助け出す所存です」

「わたしも何かお役に立ちたいと思います」

おみつが涙を浮かべた。

「もし母が海老屋の女郎だったならば、お嬢様はわたしのことはお忘れになり、ご自分の幸せを見つけてください」

「孝助さんは……わたしのことをお嫌いなのですか」

「いいえ。お嬢様のことを以前からお慕い申し上げておりました。お嬢様と一緒になって欲しいと旦那様に言われた時には、正直舞い上がるほど嬉しく思いました。しかし、本当にわたしでいいのかと今日まで迷っておりました。それは生まれに自信が持てなかったからです。ですから旦那様のお心変わりは残念ではありますが、恨みはしません。わたしは母を助け出し、一緒に暮らします」

孝助の目が潤《うる》んだ。

「わたしもついていきます」

思いが募ったおみつは、孝助の胸に顔を埋《うず》めた。孝助は、他人の目を気にせずおみつの肩をそっと抱いた。

「お嬢様」孝助は、おみつを両手で体から引き離した。「それでは参ります。旦那様に、しばらく留守にすると仰ってくださいますか」

「明日にはお帰りですか」

「わかりません。母が品川にいるとわかったら、会えるまで何日でも……」

孝助は手で涙を拭った。

卯市は三日後に五〇両を受け取りに会いにくると言ったが、孝助は卯市に助けてもらうかどうかは迷っていた。そんな大金を用意できるはずがないからである。

何としても自力で母に会わねばならない。孝助は強い決意を示すように大きく頷いた。

「お待ちしています」

おみつは滂沱の涙を流していた。孝助の顔が滲み、はっきりと見えないのがもどかしかった。これが今生《こんじょう》の別れとなるかもしれないというのに……。

第七話　お栄と孝助

孝助は品川に参ります。品川は東海道一の繁盛した宿場町であります。旅籠の数は大小合わせて一〇〇軒近くもあったといいますから、その賑わいが想像つくと思われます。

孝助は、海老屋の前でうろうろとしております。なにせ真面目な男でございますから、このようなところに来たことがございません。

江戸日本橋本町から歩き詰めで歩いて参りましたので、今は夕暮れどきでございます。

旅籠の中では着物の胸元をはだけて、乳房を露わにした女郎が髪を整えております。それを見て、行き交う旅人が何やらはやし立てております。

海老屋の看板はすぐに見つかりましたが、孝助は中に入る勇気がございません。海老屋の前を何度も行き来して中の様子を窺っております。それに気づいた女郎が、「兄さん、いい男だね。どう、上がっていくかい」と声をかけてきます。

母は、本当にこんなところにいるのだろうか。どうしたら海老屋の中に入ることができるのだろうか。孝助の思案は続いております。

さて孝助は首尾よく母お栄に逢えるのでございましょうか。

一

孝助は、海老屋の前で立《た》ち往生《おうじょう》していた。多くの客が客引きに手を引かれ、旅籠の中に誘われていくのを横目に見つつ、どうしても孝助は海老屋の中に足を踏み入れることができずにいた。

――ここにお栄さんという方はおられるでしょうか。

この一言を口にすればいいことなのだが、それができない。

もし「いるよ」と言われれば、どうすればいいのだろう。

わたしの母ですから会わせてくださいと言うのか。誰が信じるだろうか。金も払わずに女郎に会おうとする不届きな奴と思われるに違いない。

しかし、本当は、母が落ちぶれた女郎になっているという現実を見るのが怖いのだ。

母とは、幼い頃に別れて以来、一度も会っていない。今では当時の記憶もさだかではなくなってきた。その分、心の中で母を美化しているような気がしている。

美しく優しい母が、品川で女郎をしている――その事実を卯市が教えてくれた時には衝撃を受けた。なぜ母はそこまで堕《こ》ちる必要があったのだろうか。焦がれる程、会いたいが、会いたくない、母の惨《みじ》めな姿を見たくない……。

悩み、迷っているうちに夜も更《ふ》けてしまった。通りには人通りがまばらとなり、旅籠の灯りも消え始めていた。このまま帰ろう。その方がいい……。孝助は、答えのない迷い道に入り込んだまま、海老屋の前で佇んでいた。

「あのぅ、養生屋の孝助さんではありませんか」

孝助は、男の声にはっとして顔を上げた。男が目の前に立っていた。茫然としていて男が近づくのに気づかなかったのだ。男の顔が旅籠の看板提灯の灯りに照らされて薄赤く染まっている。

「あ、はい」

孝助は、自分の名前が呼ばれたことに驚いた。

「やっぱりそうでしたか。お見かけした方だと思ったものですから。わたしのことを覚えておられますか」

男が訊いた。

「はい。その節は、お世話になりました。確か九平治様とか。お嬢様を無事にお店までお連れいただきながら、なんのお礼もできないままにお帰りになられたので……。大変失礼をしております」

孝助は頭を下げた。

「なんの、お礼なんぞ結構です。ところで、こんなところにどうして来られたのですか。孝助さんが女郎買いでもないと思いますがね。うちの女郎が言いますには、もう長い時間うちの店の前で立っておられるようで……」

孝助は、九平治が海老屋で働いていると言ったことを思い出した。それならば、助力を頼もうかと真剣に思い悩んだ。しかし、母が女郎になっているという現実を突きつけられるかもしれないと思うと、口が重くなる。

「わたしにできることがあれば、どうぞおっしゃってください。孝助さんの助けになれると思います。あなたは人に会いにこられたのでしょう」

「えっ、どうしてそれを……」

「実は、わたしもあなたをここにご案内しようかと迷っていたのです。なかなか決心がつきませんでした」

九平治はそこで言葉を区切ると、孝助をじっと見つめた。孝助は、九平治の表情から、彼が言わんとしていることを察した。

「ここに、海老屋さんに、母がいると聞きました……」

孝助は思いきって言葉にした。

「孝助さん、その話を、あなたは誰にお聞きになりましたか」

「卯市という男です。この男は、間違いなくおみつ様を拐かした源三郎の仲間です。そう確信しています。あろうことか、卯市はわたしの父であると言いました。そんなことは俄かに信じられません。もしそれが本当ならわたしは養生屋にいることはできないでしょう。卯市が言うには、品川の海老屋で女郎をしているお栄というのが母だと……。そして母を救うには五〇両が必要だから渡せとも言いました。その金があれば、母を救い出し、自分は江戸から消えるというのです」

「卯市の野郎がそんなことを言いましたか……」

九平治は険しい表情になった。

卯市のことを「野郎」というところを見れば、嫌っていることは明白である。

「母は、本当にここにいるのでしょうか」

孝助は九平治に縋《すが》った。

「おられるとしたら、いかがされますか」

九平治は、会うのかどうか決断を迫っている。孝助は迷わなかった。ここで九平治に会ったことは、天が母に会えと命じているように思えたからだ。

「会いたいです。会います」

「わたしはお栄さんの口から、息子さんが孝助という名であり、右耳の後ろに星形のほくろがあると聞いていました。息子さんを探しましょうかと申し上げましたが、お栄さんは今の境遇を恥じておられるのか、余計なことをしないで欲しいと言われました。しかし、こうしてなんの巡り合わせか分かりませんが、あなたに会うことができた。ぜひともお栄さんにあなたを引き合わせてあげたい」

九平治は、孝助の首筋を指さした。

「ほくろがございます」

孝助は右耳の後ろを触った。そこには確かに星形に並んだ五つのほくろがある。

「あなたはお栄さんの息子さんに違いない。お栄さんに会わせましょう。しかし、お栄さんがなんと仰るかは分かりません。会いたくないと言われるかもしれません。それから、卯市があなたの父親なのかどうかは存じ上げません。ただし、お栄さんを不幸にしたのはすべて卯市です。あの野郎は根っからの悪人です。そのことを覚えておいてください。卯市とは、会う約束をされているのですか」

「はい、三日後に、五〇両を持ってこいと……。きっと養生屋の近くに現われるでしょう。わたしには、そんな大金を用意できそうもないのですが……」

「そうですか。わかりました」九平治は、なにやら思案するような表情となった。「では孝助さん、中へご案内いたします」

九平治は腰を屈めて手を差し出し、孝助を促した。孝助は、期待と不安で胸を高鳴らせた。

二

「孝助はどこに行った。どこに行った！」番頭の勝蔵が騒いでいた。「平太、知らないか。孝助がどこに行ったのか。夜も更けたのに帰ってこないが……」

「存じません」

平太は神妙な顔をしたが、知らず知らず口元が綻ぶのを止められなかった。

「どうしたんだ勝蔵。大騒ぎして……」

不機嫌な表情で、五兵衛が奥から姿を現わした。

「これはこれは旦那様、お耳を煩《わずら》わせて申し訳ありません」

「いったい何事ですか」

「はい、お店から五〇両が不足しておりまして、どうも孝助が抜き取ったのではないかと思われまして、行方を捜していたのでございます。朝から姿が見えないのでございます」

勝蔵は、さも申し訳ないという顔つきで言った。平太も勝蔵の横にいて頭を下げている。

「まさか……」

五兵衛は目を瞠り、口をぽかんと開けたままで閉じられない。

「売り上げ金を蔵に戻すのを孝助に任せたのですが、勘定が合わないのでございます」

「孝助がそんなことをするはずがない。なにかの間違いであろう」

五兵衛は顔の色を失っている。

「いえ旦那様、孝助には金を必要とするわけがあるのでございます」

「なぜ必要なのだ」

「孝助の母親が品川で女郎をしているという話をお聞きになりましたか」

勝蔵は、五兵衛の耳元で囁いた。五兵衛は小さく頷いた。

「その母親を身請けするのに結構な額の金が必要なのであります」

「本当か」

五兵衛は再び目を瞠った。

「確かでございます」

「お前、その話をどこで聞いたのだ」

「えっ、あっ、そのう……」勝蔵の表情に動揺が浮かんだ。「なあ、平太」

「あっ、はい」勝蔵に話を振られた平太は動揺したが、咄嗟に答えた。「出入りの者に品川宿に詳しい者がいましてね。その者に孝助が話したそうです。女郎を身請けするにはどれくらいの金が必要なのかって……」

「その通りです。わたしもそう聞きました」

勝蔵が慌てて言い添えた。

「そうですか……」五兵衛は肩を落とした。「相談してくれればよかったのに」

「すぐに孝助を見つけ出して、とっちめますので」

勝蔵が勝ち誇ったように胸を反らした。

「孝助が現われたら、わたしのところに来るようにと言ってください。それから五〇両の件は極力内密にしてくださいい。店の信用にかかわりますのでね」

五兵衛は何歳か歳を取ったかのような顔つきで、奥に戻っていった。

「はい、承《うけたまわ》りました」

勝蔵と平太は五兵衛の背に向けて頭を下げながら、互いに笑みを交わした。

「番頭さん、危なかったですね」

平太が勝蔵を見上げた。

「ああ。誰から聞いたと問われた時はどうお答えしようかと思ったが、お前の機転に助けられたよ」

「あいつに五〇両を渡したのですか」

「ああ、渡したよ。手切れ金だ。今後一切、顔を出すなと言っておいた。あいつは孝助から金をせしめるつもりだったようだが、どうも上手くいかないと踏んだらしい」

勝蔵は周囲に目を光らせながら囁いた。

「そこで、孝助を追い出すためには実際にお店から五〇両がなくなり、それを孝助が盗んだことにする——ということになったわけですね。きっとうまく行きますよ」

平太も小声で答えた。

「旦那様もすっかり孝助に愛想をつかしたようだから、これでお終《しま》いだな。あいつも」

「孝助は品川に行ったのでしょうね。一日、無断でお店を空けるなんて……。金のこともありますが、旦那様もお怒りになるでしょう」

「そうだろうな。長い間、生き別れになった母親がいるとなったら、矢も楯も堪らなくなったのだろう。人情というものだな。あの卯市という男の策は、満更でもなかったというわけだ」

勝蔵はにんまりとした。

「番頭さん。この際、わたしたちもいくらかお店からくすねませんか。孝助の仕《し》業《わざ》にすればいいではないですか？」

平太が調子に乗って唆《そそのか》した。

「お前、まさか……」

勝蔵は顔を曇らせ、平太を睨んだ。

「やってませんよ」平太は慌てて手を振って否定した。「番頭さんとは一蓮托生《いちれんたくしょう》じゃないですか」

「分かった。孝助を追い出し、俺が首尾よく養生屋を継ぐことができたら、お前を取り立ててやるからな」

勝蔵は平太をひと睨みした。

その時だ。

店の奥からバタバタと足音が聞こえてきた。

おみつだ。焦りや不安に、血相を変えていた。

「番頭さん」

おみつは息を切らせて言った。

「何事です、お嬢様」

「今、お父様から伺いましたが、孝助さんが……」

「しっ！」

勝蔵は人差し指を唇の前で立てて、おみつに騒がないよう指示した。

おみつは慌てて口を閉じたが、思わず「信じられません……」という呟きが漏れた。

「わたしも同じ思いです、お嬢様。でも事実なのです。孝助がお店の金を持ち出して行方不明なのは」

「驚きました。孝助さんがそんなことをするなんて……」おみつは両手で顔を覆った。「最後に孝助さんを見送ったのはわたしなのです。まさかあの時、品川にお母様がいるかもしれないと言って、出ていかれたのです。お金をお店から持ち出していたなんて……ありえません」

「お嬢様は、孝助をお見送りになったのですか」

勝蔵は驚き、そして焦った。自分たちのついた嘘がばれるのではないかと警戒したのだ。

「はい。事実を掴むまで帰ってこない覚悟だとおっしゃっていました。その際、五〇両が必要だとも……」

おみつは涙を堪えながら言った。

「五〇両！」平太が身を乗り出した。「お店で不足している額と一致している。やっぱり、くすねたんですよ。五〇両を」

「人間、困ったら何をしでかすか分かりませんね」

勝蔵も平太の発言に合わせた。ここで畳みかけるように言い募り、自分たちの嘘を事実にしなければならないと考えたのだった。

「わたしは信じません」

おみつはその場にしゃがみこみ、声を上げて泣き出してしまった。

騒ぎを聞きつけ、末吉たち丁稚が集まってきた。

「これこれ、お前たち、仕事に戻りなさい」

勝蔵が丁稚を手で払い、叱った。丁稚たちは自分たちの持ち場に戻っていったが、末吉だけは勝蔵と平太のほうを振り向き、鋭く睨みつけた。

三

「九平治です。お栄さん、よろしいですか」

九平治は廊下に膝をつき、部屋の中のお栄に声をかけた。

孝助は九平治の背後で正座をしていた。派手な提灯の灯りに照らされた豪奢《ごうしゃ》な中庭を囲むように廊下が続いている。その一番奥まったところにあるのが、お栄の部屋だった。

九平治の話では、お栄は体調がすぐれずここしばらくは客を取っていないという。

「お栄さんがあなたを息子と認めるかどうかは責任を持てませんが、よろしいですね」

九平治は孝助に小声で念を押した。孝助は気丈に頷いた。

「九平治さんかい。何か用事かい」

空咳《からぜき》と一緒に女の声がした。

孝助は耳を澄ませた。記憶している母の声かどうかを確かめたかった。

「いえ、ちょっと会わせたい人がいましてね」

「客は嫌だよ。気鬱《きうつ》だからね」

「へい、客じゃござんせん。開けますよ」

九平治が戸に手をかけた。孝助の胸が高まった。

「あい、ちょっと待っておくれ。髪を直すからね」

「わかりました」

九平治は一旦、戸から手を離した。

「はい、いいよ。開けておくれ」

九平治が戸を開けた。

「どうぞ、お入りください。孝助さん」

孝助は頷いて息を詰めると、膝でにじり寄るように、お栄の部屋に入った。

「孝助……？」

お栄が、九平治の呼んだ名前に鋭く反応した。枕に肘をついてしなだれていた体を起こした。

孝助は部屋に入ってからも少しの間、顔を上げることができなかった。怖かったのだ。

思い切って顔を上げると、途端に孝助の両目から、涙が迸《ほとばし》り出た。

――間違いない。母だ……。

十二年も会っていない母だった。目の前にいる女は、首から肩まで白く化粧し、顔の倍はあろうかと思われるほど大きく横に張った伊達《だて》兵庫《ひょうご》の髷《まげ》を結い、簪《かんざし》を挿し、真っ赤な襦袢の上から、色鮮やかな花模様の打掛を羽織っている。今まさに客を迎え入れようとせんばかりの姿だ。かつて孝助が記憶している地味な木綿《もめん》の衣装ではない。しかし、母に違いない。

「お前、孝ちゃんかい」

お栄が口を開いた。お栄の白化粧に涙が流れ、跡を残している。

「はい、孝助です。ご無沙汰《ぶさた》しております」

孝助は流れる涙を拭おうともせず、頭を下げた。

「九平治さん、これはいったいどういうことなのかい」

「そのことなら孝助さんにお聞きください」

九平治は孝助に、今までの経緯《けいい》を話すよう促した。

「どこから話していいやら混乱しております」

孝助は涙声を絞り出した。

「孝助さん、今夜はここに泊まるといい。積もる話は後でゆっくりと話しなさい。わたしが代わって、今日ここに孝助さんが来られた経緯をお話ししましょう」

九平治が優しく言って、経緯を説明した。

卯市が孝助の居所を嗅《か》ぎつけたこと。

卯市から、お栄さんを連れ出すために五〇両を寄越せと言われたらしいこと。

孝助が、金を払う前に本当にお栄さんかどうかを確かめにきたこと。

九平治は以前、縁あって孝助に会っていて、右耳の下に星形のほくろがあるのを知っていたこと……。

「九平治さんには、奉公先である養生屋のお嬢様が拐かしに遭った際、お助けいただいたご縁がございます。卯市という男がその一味に相違ないのですが、わたしの父親だと申しまして……」

「卯市がそんなことを」

お栄の表情が曇った。

「こうしてお母様にお会いできた以上は、五〇両でも一〇〇両でも、必要とあれば工面いたします。ここから出て、わたしと一緒に暮らしてください。もう、どこにも行かないでください。お願いいたします」

孝助の目からは涙がとめどなく溢れていた。

「お前は、わたしを恨んでいないのかい」

涙にくれながらお栄が訊いた。

「なぜお恨み申し上げましょう。別れ際にお母様がおっしゃった『絶対に負けるんじゃないよ』の一言。あの一言があってこそ、今日までやってこられたのでございます」

「苦労をかけたね。顔を上げておくれ。じっくりと見せておくれ」

お栄は孝助に近づいて両手を伸ばし、その頬をやわらかく包みこんだ。

「いつか、いつかきっとお母様に会えると信じておりました」

「こんな姿で、すまないね。許しておくれよ」

「ここから連れ出すにはどれだけのお金を用意すればいいのでしょうか？」

孝助は、ようやく涙を拭って訊いた。

「卯市の言うことは信用してはいけないよ。あの男はお前の父親でもなんでもない。わたしは、あの男と間違いを起こした咎でこんな境遇に落ちてしまったが、お前の父親は大変に立派なお方だよ」

お栄は真剣な面持ちで言った。

「きっと違うと思っておりましたが、あの男が父親でないと分かり、安堵いたしました」

「お前に本当の父親の名前を教えてやりたいが……」お栄は九平治に視線を向けた。「ねえ九平治さん、いつだったか卯市を探しているお武家がいたって話をしていたね」

「へい。二人のお武家様でございます」

「そうかい。卯市から孝助の居場所を聞き出そうとしているんだろうね。あのお方にとって、お前は大事な跡取りだから」

お栄は思案げに首を傾げた。本当の父親について話していいものかどうか、孝助が跡目争いに巻き込まれてしまうのではないか……と懸念しているのだった。

「九平治さん、ちょっとよろしいですか」

部屋の戸が開き、九平治の配下の若い者が顔を出した。

「どうした」

九平治が険しい顔つきになった。

「店の前に、若い女が来ているんです」

「こんな夜中にか」

「へい、なんでも日本橋本町から駕籠を飛ばしてきたとか」

「女郎になりたいにしては豪勢なことだな」

「どうも違うようなのです。ここに孝助さんという方が来ているはずだと、訳の分からないことを言っているんです」

若い者が困惑した顔で答えた。

「おみつ様！」

孝助が弾かれたように顔を上げた。

「心当たりがあるのかい」

お栄が言った。

「奉公先のお嬢様です」

孝助が焦った様子で答えた。

「九平治さん、すぐに迎えにいっておくれ。ここに連れてきておくれでないか」

「承知いたしました」

お栄に言われるや、九平治が立ち上がった。

「わたしも行きます」

孝助も立ち上がった。

四

孝助は、隣に座ったおみつを横目でちらちらと見ながら、戸惑っていた。まさかここにおみつが来るとは思わなかった。お栄はというと、二人を前にして、穏やかな笑みを浮かべている。九平治は部屋の隅に控えていた。

「お嬢様、どうしてここに……」

「孝助さんが心配だったの。今お店が大変なことになっているのよ。孝助さんが五〇両を持ち出して、いなくなったって」

「どうしてそんなことに……」

孝助は驚愕《きょうがく》した。

「孝助さんがお母様を救い出すためにお店のお金を持ち出したことになっているのです」

「そんなことをするわけがありません！」

孝助は怒りを込めて言い放った。

「勿論です。でもそうした嘘を流す者がいるのです。父も信じてしまっています」

「旦那様が……」

孝助はがっくりと肩を落とした。

「早く孝助さんにこのことをお伝えしなければと思って、ここまで来たのです」

「孝ちゃん、わたしの話を聞いておくれ」お栄は着物の裾をたたみ、改めてきちんと正座した。「おみつさんとやら、先ほど、孝助への思いを聞かせていただき、ありがとうございます」

お栄が頭を下げた。

おみつは部屋に入るなり、自らを孝助の許嫁《いいなずけ》であると紹介していた。お栄のことをお母様とさえ呼んだのである。これには孝助が驚いた。「おみつと一緒になる考えはないか」と五兵衛から打診されてはいたものの、はっきりとした返事をせず、迷ったままでいたのである。まさか、ここでおみつの口から許嫁であるとの真摯《しんし》な言葉を聞くとは思ってもいなかった。

「孝ちゃん、わたしはダメな母親です。こんな姿を晒してしまって、お前に会わせる顔がない。お前はこんな母親の姿を見て、恥ずかしい想いをしているかもしれないが……」

「決してそんなことはありません」

「今から大事なことを話します」

お栄の厳粛《げんしゆく》な表情に、孝助は居住まいを正した。

「お前は武家の生まれです。本当の名は孝太郎。世を忍んで孝助と名乗らせております。父上は、丹波篠山藩青山下野守様の筆頭家人、篠原清右ヱ門様です」

「本当ですか」

孝助は驚きに目を瞠った。その名には記憶があった。曲独楽師の藤沢親方に連れられて、豪勢なお屋敷で曲芸を披露したことがあった。藤沢親方に「青山下野守様のお屋敷だ、粗相《そそう》するんじゃないぞ」と言われた覚えがある。もしかしたらあの時、曲芸を見ていた人の中に、父がいたのかもしれない。

「これが証拠です」

お栄は帯の中から錦《にしき》の飾り袋に収められた脇差を取り出した。

脇差の鞘には、銭の紋が刻印されていた。○《まる》の中に□《しかく》の銭紋である。

「これは清右ヱ門様が、藩主青山様から拝領したものです。青山様のご紋である銭の紋が、何よりの証拠。これは清右ヱ門様のお屋敷を出る際に持ち出したものです。これをお前に渡します」

お栄は脇差を飾り袋にしまい込むと、孝助に手渡した。

孝助はそれを押し頂いた。

「わたしがお預かりしていいのでしょうか」

「本来の持ち主に帰っただけです。大事にしなさい」

「分かりました。大事にいたします」

「わたしは卯市という男に騙されて道を誤り、このような身に堕ちてしまいました。ここから出るのに五〇両が必要だなどというのは、卯市の真っ赤な作り話。

きっとあなたから金をせしめる魂胆《こんたん》だったのでしょう。勿論、卯市は父親でもなんでもありません。覆水盆《ふくすいぼん》に返らずとの喩《たと》えがありますが、わたしの最大の間違いは、お前を連れて清右ヱ門様の下《もと》を飛び出したことです。あんなことさえしなければ、お前は今ごろ立派なお武家様であったであろうに……」お栄は襦袢の袖で涙を拭った。「どうかこの愚かな母を恨んでおくれ」

「そんなことは少しも思っておりません」

孝助はお栄の手を取った。

「ありがとう」お栄は涙を拭い終えると、再び厳粛な態度に戻った。「この脇差を持って清右ヱ門様のお屋敷に戻れば、お前を跡取りと認めてくれるでしょう。ただ、十数年の月日が経っている。清右ヱ門様は後添えをもらっておられることでしょう。そのお方との間にお子様がお生まれになっているかもしれません。お前が突然現われると、跡目相続の争いになるおそれがあります。というのは、のう、九平治さん」

お栄が隅に控える九平治に視線を向けた。振り返った孝助とおみつに向けて、九平治は頷いてみせた。

「はい。確か平蔵と小助とか申されましたが、二人のお武家様が卯市さんやお栄さんを探しておいでだったのです」

「その二人は清右ヱ門様の小者です」お栄が話を継いだ。「長きにわたってわたしや卯市を探しているのは、お前の居所を探りたいからでありましょう。お前を跡目として迎え入れるためか、それともお前を亡き者にして跡目を継がせないためか……」

「恐ろしい」おみつが怯えた表情で呟いた。「孝助さんのお命を狙っているということでしょうか」

「そういうことがあるかもしれないと心配しているのです」お栄はおみつに柔らかな笑顔を向けた。「九平治さん、どうか孝助を守ってやってくださいませんか」

「承知しました」

お栄に頼まれ、九平治が頭を下げた。

「これで少しは安心しました」

お栄は再び柔和《にゅうわ》な笑みを浮かべた。

「母上、わたしの心配より、母上がここを出るためにはどうすればいいのでしょうか。改めてお聞きしますが、どれだけのお金を工面すればいいのでしょう」

孝助は必死の形相となった。

「わたしの心配はしなくてもよろしい。お金も不要です。わたしは、自分で不始末の決着をつけますからね。体の具合も優れず、ここから出たとて、まともな暮らしができるとは思いません」

お栄は激しく咳き込んだ。

「だいじょうぶですか」

孝助が心配そうに母の顔を覗き込んだ。

「案ずることはありませぬ」

お栄は口元を懐紙《かいし》で拭った。

「わたしは、母上と一緒に暮らしとうございます」

孝助はお栄の手を取った。

「その思いだけをありがたく受け取ります。もうわたしのことは忘れてくださされ。こんな母で申し訳ない」

お栄は再び流れ始めた涙を拭った。そして九平治に、若い二人を日本橋まで連れ帰っておくれと頼んだ。

「お二人とも、さあ、行きましょう」

九平治は、孝助とおみつに部屋から出るよう促した。

「母上、ご一緒に」

孝助が涙をこぼしながら縋った。

「お母様、わたしたちと一緒に参りましょう」

おみつも泣いている。

「いいのよ。心配は無用です。これでも武家の女ですからね」

お栄が笑顔で答え、早く出ていくようにと手で促す。

「孝助さん、早く帰らないと、お店の方々に疑われたままになりますよ。大切なおみつさんにもご迷惑がかかります」

九平治が急かした。孝助はようやく頷くと、おみつと一緒に立ち上がった。

「お母様、必ずお迎えに参ります」

孝助は決然と言った。

「さあ、お行きなさい」

後ろ髪を引かれる思いで、孝助はお栄の部屋を出た。

海老屋の前には、九平治の手配した駕籠が二台、待っていた。

「乗ってください。養生屋までお二人を送ってくれます。お栄さんのことは心配しないでください」

「お母様が何か大きな間違いを起こしそうで、心配で堪りません。何卒よろしくお願いします。必ず迎えに参りますので」

孝助は強い口調で言った。

「卯市は、再び孝助さんに会いにくるでしょうか」

駕籠に乗りこもうとする孝助の背中に、九平治が声をかけた。

「きっと来るでしょう。しかし、もしわたしの前に現われたなら、奉行所に突き出します」

孝助は駕籠に乗った。九平治が手を上げると、駕籠が動き出した。

五

暁《あかつき》の七つ時――江戸の街はまだ暗いが、もうすぐ空が白々とし始める気配は感じられる時間である。

養生屋では、丁稚や手代たちが眠い目をこすりながら起き始める。店は早々の明け六つに開けるのである。

「おみつ、おみつ、おみつがいない。皆、知らないかい」

店の奥から、おさちが着物を乱して飛び出してきた。後ろから五兵衛も現われた。

「皆の者、おみつを知らないか」

五兵衛は今にも倒れそうなおさちを支えながら、丁稚たちに訊いた。

「存じません」

丁稚たちが口を揃えて答えた。

「どうなさいましたか」

番頭の勝蔵が起きてきた。平太も一緒にいる。

「また、おみつがいないのだ」

「それは大変だ。いったいどこへ行かれたんでしょうか」

勝蔵が如何《いか》にも考えているふうに顔を俯けた。

「ひょっとして……」平太がしたり顔で言った。「孝助が連れ去ったのではないですか」

五兵衛の顔色が変わった。激しい怒りに眉も目も吊り上がっている。

「金を盗んで、娘までもかぁ！」

五兵衛が呻いた。

「旦那様。金の話は、まだ店の者には内緒でございます」

勝蔵が耳打ちした。

「構わぬ。孝助は昨日から行方知れずではないか。主人に一言も言わずに店からいなくなるなんぞ、後ろ暗いところがあるからに決まっている。孝助を探し出すのだ。おみつまで盗んだとあったら、許さん」

五兵衛は興奮して、今にも卒倒《そっとう》しそうだった。

「あなた、孝助がおみつを拐かしたの……？」

おさちが顔に不安を滲ませた。

「そうに違いない」勝蔵は拳を握りしめて頷いた。「目をかけて、おみつと一緒にしてやるつもりだったのに、店の金まで盗みやがったのだ……」

「あの孝助が……。そんなことをする者ではないと思いますが……」

「孝助の母親は女郎なのだ。母親を苦界から救い出すためなら、何でもする気だ。よりによって、おみつまでとは……。くそぉ」

「奉行所に届けましょうか」

勝蔵が進言した。この展開がよほど嬉しいのか、勝蔵の口角が引き上がっている。

「すぐに届けましょう」

平太も言い添えた。

その時だ。

「駕籠が来ます！」

丁稚の末吉が店先から叫んだ。

朝焼けの本通りを、養生屋に向かって駕籠が二台、近づいてくる。

慌てて五兵衛とおさちが表に飛び出した。勝蔵と平太もそれに続いた。

えっさ、えっさ。

駕籠舁きの掛け声が、朝の静寂《しじま》を破る。

そして二つの駕籠は、養生屋の前に止まった。

五兵衛たちは固唾《かたず》を呑んで見守っていた。

駕籠舁きが簾《すだれ》を巻き上げると、先頭の駕籠から出てきたのは、おみつだった。

「おみつ！」

五兵衛とおさちが一目散に駆け寄る。

次いで、後続の駕籠からは孝助が姿を見せた。

「孝助！　お前、今までどこにいたんだ」

勝蔵が怒鳴った。

「勝手に店を空けてしまい、申し訳ございません」

孝助は深々と頭を下げた。

「おみつ、大丈夫だったかい」

おさちがおみつの体を愛おしそうに抱きかかえた。

「心配したぞ」

おみつを見つめる五兵衛は複雑な顔をした。怒っていいのか喜んでいいのか分からなかったのである。

「ご心配をおかけしました」

おみつは丁寧に頭を下げると、孝助の傍に寄り添った。

「とりあえず、入りなさい」

おみつの行動を見た五兵衛は、いったん怒りを胸の内に押し込め、孝助とおみつを店内へと促した。そして末吉に店を閉めておくよう命じると、店の奥へと戻っていった。

末吉が他の丁稚たちと協力して暖簾を外し、入り口の戸を閉めると、店内は薄暗く静まり返った。

「孝助、いったい何があったのか、話を聞きましょう」

沈黙を破ったのは五兵衛だった。孝助の傍には、依然としてぴたりとおみつが寄り添っている。

「お前、店の五〇両を盗んだのだろう」勝蔵が大声で責め立てた。「品川で女郎をしている母親を受け出すつもりだな」

「知っているぞ、何もかも。さあ、白状しろ」

平太も勝蔵に輪をかけて大きな声を発した。

「まあ、待ちなさい」五兵衛がいきり立つ二人を制した。「まずは孝助の言い分を聞こうではないか。どうやら逃げも隠れもしないようだ。本当に店の金を盗み、おみつを拐かしたのか……」

「旦那様、ご心配をおかけいたしました。昨晩は品川の海老屋という旅籠に行っておりました。ある男から、そこで母が女郎をしていると聞いたからです。母とは長い間、離れ離れになっておりました。生きているのか死んでいるのかさえ分からなかったのです。わたしは矢《や》も楯《たて》も堪らず、話の真偽を確かめるために、行き先も告げずに店を飛び出してしまいました」

「やはり本当だった。孝助の母親は女郎だったのだ！」

勝蔵が叫んだ。すると孝助は、きっとした目で勝蔵を睨んだ。

「勝蔵、黙りなさい」五兵衛が再び窘《たしな》めた。「丁稚たちの前では言いにくいが、店から五〇両の金がなくなっているのは本当だ。誰かが盗んだに違いない。孝助、盗んだのはお前ではないのだな」

「孝助さんがお金を盗んだなんてことはありません！」おみつが反駁《はんばく》した。「孝助さんのお母様も、五〇両など必要ないとおっしゃっておられました」

「はい」孝助は一点の曇りもない目で、まっすぐに五兵衛を見つめた。「天地神明《てんちしんめい》に誓って、わたしはお店のお金に手をつけてなどおりません」

「おみつを拐かそうとしたこともないと……」

「ありません」

孝助はきっぱりと言いきった。

「信じていいんだね。お金のことも、おみつのことも……」

五兵衛が念を押した。

「はい」

「お父様、わたしが勝手に孝助さんのところに参ったのです」

おみつが明かした。

「そうだったのかい？　では孝助が盗んだのではないとすれば、いったい誰が五〇両を盗んだのだろう。実際、お金が不足しているのだ。夜中に店を抜け出したのがおみつ自身の意志であったとすれば、どうして孝助がおみつを拐かしたなどという話が出てきたのだろう。勝蔵、どう思う」

五兵衛が勝蔵に視線を向けた。

「いえ、あのぉ……、どうしてでしょうね」

勝蔵は口ごもった。

「孝助、母親が品川の女郎だというのは本当かい」

五兵衛が孝助に訊いた。

「本当です」

「お父様、それには訳が……」

「お嬢様、お待ちください」おみつが事情を説明しようとするのを、孝助は制止した。「今はなにも……」

「やはり噂は本当だったんですよ」勝蔵は焦りを押し隠し、強い口調で責め立てた。「孝助は女郎の子というわけですな。それで金が必要だった。なっ、そうだろう。白を切らずに正直に言え！」

「お前が盗んだに相違ないんだ。孝助、金を返しやがれ」

追従する平太の言葉も激しかったが、その声は若干《じゃっかん》震えていた。劣勢と見るや、今にも逃げ出さんばかりに腰を引き始めている。

「あのぅ……旦那様、一つよろしいでしょうか」

末吉が手を上げた。

「どうした末吉、何か言いたいのか」

「はい」

「では話してみなさい」

「ありがとうございます」末吉は軽く頭を下げると、勝蔵を指さした。「お金を盗《と》ったのは、番頭さん。平太さんも同罪です」

「な、なにを！」

勝蔵が怒鳴った。

その瞬間に平太は逃げ出そうとしたが、店の入り口が閉まっていることに気づき、その場にへたり込んでしまった。

「本当か、末吉」

五兵衛の顔が青ざめた。

「はい、本当です。わたしは、孝助さんの悪い噂を流したのは番頭さんと平太さんじゃないかと、以前から疑っていました。そこでお二人を注意して見ておりましたら、番頭さんがお帳場から五〇両を抜き取り、懐にお入れになるのをこの目ではっきりと見ました。お金は孝助さんが盗ったことにしようと、平太さんと口裏を合わせていました。旦那様に言おうと思っていたのですが、頼りにしている孝助さんもいらっしゃらないので、怖くて言えませんでした。申し訳ございませんせん」

末吉は低頭した。

「う、嘘です。出鱈目《でたらめ》です、旦那様」勝蔵は唇を震わせた。「なっ、平太、そんなこと、していないな」

すると突然、平太が土下座した。

「旦那様、申し訳ありません」平太が泣いて詫《わ》びた。「番頭さんから命じられてどうしようもなくて、お店のお金を盗んで孝助のせいにしようとしました」

「平太、お前、何てことを言うんだ。もとはと言えば、お前の計略ではないか。この裏切り者！」

勝蔵が平太に飛びかかろうと腕を伸ばした。しかし孝助が一歩踏み出し、勝蔵の腰を捉まえるほうが早かった。

「孝助をこの店から追い出そうと、番頭さんが計略を巡らせたのです」平太は土間に額を擦りつけた。「わたしは番頭さんの命令に従っただけです。お店を辞めさせられるのだけは勘弁してください。お願いします」

「嘘だ、嘘だ！　みんなこいつの計略なんだ。こいつが卯市とかいう男を紹介してきたから、そいつに言われるがまま、店の金を渡した。きっと卯市とかいう男は、平太と金を山分けするつもりなんだ」

勝蔵は孝助の手から逃れようと藻掻《もが》きながら叫んだ。

「山分けなんかしません」平太が居直るように顔を上げた。「番頭さん、以前から店のお金をちょっとずつ抜いていたではありませんか。だから今回の五〇両だって簡単に盗めたのでしょう」

「なんだと！　そんなことは断じてやっていない！」

勝蔵が血相を変えた。

「見苦しい。やめなさい」五兵衛が叱った。「もういい。二人とも鎮まりなさい。本来なら二人とも奉行所に突き出すところですが、養生屋から縄つきを出したくはありません。長年の労苦に報《むく》いて、五〇両はもういい。二人とも、さっさと荷物をまとめてここから出ていきなさい！」

「わたしは、番頭さんの命令に従っただけです！」

なおも平太が悪あがきをした。

「同罪です」五兵衛がこめかみに血管を浮き上がらせた。「もしこれ以上ぐずぐず言うなら、奉行所に突き出します」

「分かりましたよ。ちぇっ！　こんな店、さっさと出ていってやらぁ。あばよ！」

平太は憎々しげに唇を歪め、捨て台詞を吐いた。そして入り口の戸を荒々しく開けると、荷物をまとめることもなく出ていってしまった。

「本当に申し訳ございませんでした。長い間、お世話になりました……」

勝蔵は肩を落として、すごすごと歩き始めた。自分の部屋に戻り、荷物をまとめるつもりなのだ。

「番頭さん」

孝助が勝蔵に声をかけた。

「まだ、何か用か」

勝蔵が力なく振り返った。

「先ほど、お金を卯市という男に金を渡したとおっしゃいましたが、本当ですか」

「ああ、本当だ。その男――卯市が言うには、お前の母親が品川の女郎だという噂を流せば、旦那様がお前を跡取りにすることはないだろう、とね。その上お店の五〇〇両がなくなったのをお前が盗んだことにすれば、この店から追い出されるって算段だった。しかし、甘かったな。ははは……」

勝蔵は力なく笑った。

「その卯市こそがお嬢様を拐かし、養生屋から五〇〇両をせしめようとした一味であり、わたしの母を苦界に堕とした悪人なのです」

「そうだったのか……。わたしも悪い男と関係を持ったものだ。結局あいつに引きずり降ろされてしまったな。孝助、お前にはいろいろと悪さをしてしまったが、許してくれ。この養生屋を立派にしてくれよ」

勝蔵は、悲しそうな目で孝助を見つめた。

「お願いがあります」

「わたしに？」

「はい」

「旦那様にもお店にも迷惑をかけた。できることなら何でもさせてもらいますよ」

「ありがとうございます。頼みというのは他でもございません。卯市のことです。今後、卯市とお会いになる予定はございますか」

「あいつは、江戸から出立《しゅったつ》するための路銀として、もう一〇両ほど用意できないかと言ってきた。断わるつもりだったよ。明日の暮れ六つ、あいつの馴染みの煮売り屋豊島屋で会うことになっている。こんなことになった以上、会うつもりはないがね」

「その卯市という男をこのままのさばらせておくわけにはいきません。わたしに考えがあります」

孝助が決然として言った。

「大丈夫なのですか」

おみつが心配そうに問いかけた。

「お嬢様、お任せください」

孝助は深々と頷いた。

六

暮れ六つ時の豊島屋は賑わっていた。ひと仕事を終えた職人や商店の手代、番頭らが食事と酒を楽しんでいる。

「おーい、お玉ちゃん。お燗二本、急いでくれよ」

「はーい!」

豊島屋の看板娘お玉が、明るく座敷を飛び回っている。

「こっちに田楽、頼んだよ」

「何本なの」

「五本だぁ。やたらと美味《うま》いなぁ。お玉ちゃんと同じかなぁ」

「ばぁか、いやらしい」

お玉が苦笑すると、店内に一斉に笑い声が上がった。

その喧騒《けんそう》の中で勝蔵は一人、座敷の隅に座り、燗酒を手酌で飲んでいた。

「待たせましたね」

手拭いで頬かむりをした男が、勝蔵の目の前に座った。

男が手拭いを取る。卯市だった。

顔を上げた勝蔵は「なぁに、いま来たところだよ」と答えた。

「それで番頭さん、首尾は」

にやにやしながら卯市が訊いた。

「ああ、上手くいったよ。おかげさまでね」

勝蔵が緊張を押し隠しつつ答えた。

「それはよかった。これで養生屋は番頭さんのものですね」

「そうとは限らないな」

「あら、自信がなさそうですね」

卯市が笑った。

その時だ。勝蔵と卯市に背を向けて座っていた二人の武士が立ち上がった。

「卯市だな。神妙にしろ」

一人の侍が、刀の鞘の部分で卯市の肩を押さえつけた。もう一人が卯市の腕を取る。

体の自由を奪われた卯市は、前のめりになって声を荒らげた。

「なにをしやがる。痛いじゃねえか。放しやがれ」

「我らは青山下野守家人、篠原清右ヱ門様配下の平蔵と小助である。清右ヱ門様のご子息孝太郎様を連れ去った罪により、貴様を捕らえる」

騒がしい店内に響き渡る大音声《だいおんじょう》で平蔵が言った。卯市の腕を取っていた小助は懐から捕縛紐を取り出し、卯市を後ろ手に縛り上げた。

異変に気づいた豊島屋の客たちが「おい、捕物だぜ」と興味深そうに注目する。

「清右ヱ門の手の者か。くそぅ」卯市は恨みのこもった目で勝蔵を睨んだ。「てめえ、裏切ったな」

「裏切ったも何もないよ。仲間でも何でもないんだからな。お前にはすっかり騙されちまった。悔しいよ。お陰で養生屋をお役御免になっちまった。お前も観念するこったな。お侍様、後はよろしくお願いします」

淡々と言って、勝蔵は立ち上がった。

「分かった。我らもようやく卯市を捕縛できたのだ。いたく礼を言うぞ」

平蔵が答えた。

「礼なら、あの男に言ってください」

勝蔵は、豊島屋の入り口付近を指さした。そこに立っているのは、孝助と九平治だった。

「孝助に、九平治じゃないか！」拘束されながら、卯市が目を吊り上げて怒鳴った。「てめえら許さないぞ」

「がたがた言っていないで立つんだ」小助が卯市の背中を荒々しく叩いた。「これからお前を篠原様のところへ連れていく。そこで孝太郎様の居所を話すのだ」

「孝太郎の居所だと？　笑わせるな。あそこにいるじゃねえか。あれが篠原様の御曹司《おんぞうし》、孝太郎だよ。孝助と名乗っているがね」

卯市は孝助を顎で示した。

驚愕した平蔵と小助は、思わず捕縛紐を手放すところだった。

「今、何と申した」

「だから、あそこにいるのが孝太郎だと言ったのよ」

「まことか、それは」

信じられないというように、平蔵と小助の二人は、まじまじと孝助を見つめた。十数年もの間、旅から旅の生活を送り、ひたすら探し求めてきた孝太郎が、今、目の前にいるというのだ。俄かには信じられなくても無理はない。平蔵が目をこすった。小助は膝をつねった。しかし夢ではない。

一方の孝助は、計略通りに事が運び、卯市を捕縛できたことに安堵していた。

「九平治さん、お世話になりました」

孝助は頭を下げた。九平治が平蔵と小助を豊島屋に呼んでくれたのである。

「お栄さんにとってもよかったのではないでしょうか」

九平治は穏やかな笑みを浮かべた。

座敷から平蔵と小助が、捕縛紐で縛った卯市を連れて降りてきた。二人の表情がひときわ険しく見えるのは、卯市を捕らえたからだろう。

孝助は足早に二人に近づき、腰を低くして礼を言った。

「お武家様、ありがとうございました。わたしは養生屋の手代、孝助と申す者でございます。この者はつい先ごろ、我が養生屋のお嬢様を拐かし、五〇〇両もの金品をせしめようとした悪党でございます。ぜひともお奉行様に突き出すなりして処罰をお与えください」

「承知した。ところで今、貴殿は孝助と申したが、本当は孝太郎ではないのか」

平蔵がもったいぶって問うた。

「おいおい、偉そうな態度をするなよ。こいつはお前らのお殿様の御曹司様だぞ」

卯市が口角を歪めて割って入った。

「黙れ。黙るんだ。我らは本人に問うておる」

小助が刀の鞘で卯市の頭を叩いた。

「いてぇなぁ」

卯市が顔を歪め、小助を睨んだ。

「いずれ明らかになるんですから、この人たちに話しちまったらどうですか」

九平治が言った。

「いえ、まだ母のことが気がかりですので……」孝助は呟くと、平蔵と小助に向かって頭を下げた。「さあ、何のことやら分かりかねます。わたしども養生屋に害を為《な》す卯市が捕まったことで、安堵いたしました。これにて失礼いたします」

「いいんですか」

九平治が心配そうに念を押した。

「これでいいんです」

孝助は頷いた。

「やはり、そうであろうのぉ……」平蔵が目を伏せた。「そんなに都合よく孝太郎様を見つけられるはずがなかろうからな。なあ、小助」

「その通りじゃ。いずれにしても卯市から、孝太郎様とお栄様の居所を聞き出さねばならぬ。しかし孝太郎様を見つけたところで、後添いのおこう様が喜ばれぬからのう」

小助が眉根を寄せて呟いた。

すると、耳ざとく小助の話を聞いた卯市がにんまりとした。

「孝助、お前も不幸な星の下に生まれたものよのぉ」孝助を睨みつけて罵った。

「お前が篠原様の御曹司だと名乗り出たら、お家騒動になるは必定《ひつじよう》だ。あははは、ざまあみろ」

「下らないことを言っていないで、さあ行くぞ」平蔵は捕縛紐を強く引いた。

「では失礼する」

平蔵と小助は、卯市を引きずるようにして店を出ていった。

「さて、わたしはこれにて失礼することにします。ご迷惑をおかけしました」勝蔵が立ち上がり、孝助に視線を向けた。「孝助、養生屋を頼んだぞ」

「番頭さん」

「よしてくれよ。今や番頭でも何でもない」

勝蔵が悲しげな顔をした。

「この度はお世話になりました。いずれまたお世話になることがあると思います。居所だけはお知らせください」

「嬉しいことを言ってくれるなぁ。落ち着き処が定まったら知らせるかもしれん。それじゃあ、旦那様に勝蔵が申し訳ないことをしたと申していたとくれぐれもお伝えしてくれ」

そう言い残して、勝蔵は店を出ていった。

「あんたが名乗りを上げなかった理由が分かったよ」

九平治がぽつりとこぼした。

「母は父を裏切ったわけですから、元の鞘に収まるわけにはいきません。最悪、母はお手討ちになるでしょう。わたしは母を守るためにも、篠原家の息子だと名乗り出るわけにはいきません。さて九平治さん」

「何だい」

「必ず母を迎えにいきます。それまで母をお守りください。お願いします」

孝助は膝頭に頭がつきそうなほど低頭した。

「承知した。できるだけ早く迎えにきてくださいよ」

「分かりました」

孝助は、一ツ目之橋で別れた時の、母の悲しそうな顔を思い浮かべた。もう二度と、母にあんな顔をさせてはならない。そう心に固く誓ったのである。

七

養生屋に戻った孝助を、五兵衛、おさち、おみつが出迎えた。

「何もかも無事に終わりました。お騒がせいたしました。これで養生屋に害を為す者はいなくなりました」

孝助は五兵衛に詫びを入れた。

「なぜお前が詫びる。詫びねばならないのはわたしのほうだ。許してくれないか。お前を疑ったことを……」

五兵衛は頭を下げた。

「旦那様、頭をお上げください」思いもよらぬ主人の行動に、孝助が戸惑った。「もったいのうございます。わたしが全て悪いのです。今回の騒ぎは全てわたしに原因がございますから。本当に申し訳ないことをいたしました。お許しくださいませ」

「わたしは、お前におみつと一緒になって、この養生屋を守り立ててもらいたいと思っている。どうかな」

「わたしの母は女郎なのです。それでもよろしいのでしょうか」

「お父様、孝助さんは……」

おみつが割って入ろうとした。

「お嬢様、お待ちください。何も言わないでください」

孝助が制した。

「母親の境遇を聞いて、迷いが出たことは事実だ」五兵衛は孝助の目を見つめた。「が、今は迷いがない。孝助、お前を跡取りにしたい」

そして孝助の思いがけないことを言った。

「ついては母親を、苦界から助け出したい。よいか」

五兵衛の言葉に、孝助の顔がぱっと晴れやかになった。

「ありがとうございます……」

孝助は涙を流し、頭を下げた。

「孝助さん、よかったわね」

おみつも涙を流した。

「これで養生屋もますます栄えるぞ。のう、おさち、よかったな」

「はい、旦那様。わたしも嬉しく思います」

おさちは孝助に寄り添い、襦袢《じゅばん》の袖で嬉し涙を拭った。

第八話　根津や孝助

お栄を不幸に陥れた卯市は、清右ヱ門が放った小者、平蔵と小助によって捕縛されました。

そして孝助は、養生屋の一人娘であるおみつとの結婚を認められ、ついに跡取りとなることが決まりました。

すべてめでたし、めでたしとなればよろしいのですが、さてさて人生、浮き沈みは七度あると申します。このまま孝助の幸せが続くのでありましょうか。

一

清右ヱ門は、庭の白砂の上に座らされた卯市を、庭に張り出した濡《ぬ》れ縁《えん》に座って見下ろしていた。隣にはおこうが座っている。

卯市は後ろ手に縛り上げられながらも、恨めしげに清右ヱ門を睨んでいた。

「卯市、ようやく我が手に落ちたか。長かったのぉ」

清右ヱ門がしみじみと言った。

「殿様、お久しぶりでございます。こんな姿でお会いするとは、夢にも思っておりませんでした」卯市は、両隣に立った平蔵と小助を見上げた。「こんな馬鹿なお武家様に騙されて捕まるとは、情けのぉございます」

「こやつ、何をぬかすか」

平蔵と小助が同時に刀の鞘で、卯市の背中をしたたかに打った。

「痛ぇなぁ」

卯市が顔を歪めた。

「この者には、養生屋の娘を拐かし、大枚《たいまい》の金品をせしめようとした嫌疑もかかっております。殿の詮議が終わり次第、奉行所に差しだしたく存じます」

平蔵が言った。

「わたしにとっては息子孝太郎を盗んだ憎き奴じゃ。本来ならこの手で成敗したきところだが、そのような悪事を働いておったとは。拐かしの件はわたしも聞いておる。卯市の処分は、獄門か遠島が相応しいであろう。しかしその前に孝太郎の居所を話せ」

清右ヱ門は庭に乗り出して問うた。

隣に座るおこうの表情が険しさを増す。

「孝太郎様の居所を言えば、奉行所に差し出すのをご勘弁願えますでしょうか。江戸から処払いになって、二度と顔を合わすことはないとお誓いいたします」

卯市は殊勝に低頭した。

清右ヱ門は腕を組み、しばらく考える様子を見せてから「話次第である」と厳粛に答えた。

「孝太郎様の居所なら、もうこいつらに話しましたよ」卯市はそう言って、両隣の平蔵と小助を指し示し、嘲笑《あざわら》った。「こいつら馬鹿ですよ。わたしが何度言っても、信じないんですからね」

「何っ、それは本当ですか」

おこうが目を見開いた。

「本当も何も、この期《ご》に及んで嘘は申しません」

卯市は吐き捨てるように言った。

「そのような報告は聞いておらぬ。どういうことですか、平蔵、小助」

「奥様、こいつの戯言《ざれごと》ですよ。嘘を並べて助かりたいがためでございます」

平蔵が言《い》い繕《つくろ》った。

「もし本当なら許しませぬぞ」

おこうは平蔵を睨みつけた。

卯市は皮肉っぽく広角を引き上げて、おこうに視線を向けた。

「奥様、邪魔なんでしょう? あいつが。奥様は孝太郎様を殺すおつもりですよねぇ。跡取りにしたら、自分の立場がなくなると思っておいでですからね」

卯市は声を上げて笑った。

「何を戯《たわ》けたことを申すのですか」

おこうが血相を変えた。

「図星でござんしょう。奥様にだけ、こそっとお話ししましょうかね。そうすれば奥様の手の者が、すぐに孝太郎様を殺しにいくんじゃありませんか。ねえ、お侍様」

卯市はにやりと笑い、平蔵と小助を見上げた。

平蔵と小助が揃って苦々しい顔をした。

「奥様、わたしの言うことを信じたほうがよろしいですよ」卯市はにやりとして、おこうを挑発した。「孝太郎様が現われてここの跡取りになったら、上手くやれますかね。わたしの言うことを聞いて、早めに処分したほうがいいんではないですか」

おこうは、穢《けが》れたものを見るかのように卯市から顔を背けた。

再び、平蔵と小助が刀の鞘で卯市の背中を打つ。

「奥様、お耳をお貸しください！」

卯市は叫んだ。

おこうは、今にも逃げ出さんばかりに腰を上げた。

「ねえ、殿様……」卯市が今度は清右ヱ門に顔を向けた。「わたしが奥様の企みを明らかにしなければ、殿様の長年のご苦労、ご執念がまったく無駄になるところでした。そのことだけでも褒美を頂けるんじゃありませんかね。えへへ」

「卯市、一つ尋ねたきことがある」

清右ヱ門は表情ひとつ変えずに言った。

「殿様、何でございましょうか。何でもお話ししますよ。殿様にお話しした方が、わたしにとって得のようですからね。なんとか江戸処払いくらいでお許しください」

「お栄はどこにいる」

清右ヱ門の問いに、卯市の表情が硬くなった。

「お栄ですか。……知りませんね」

卯市は目を逸《そ》らした。

「知らぬはずはなかろう。話せばお前を許してやってもいい。元はと言えば、わたしがお栄を大事にしなかったばかりに、お前に騙されたのだからな。申し訳なく思っているのだ」

清右ヱ門は目を細め、往時を偲《しの》ぶような顔になった。

「えっ、お許しくださるんで」

卯市の表情が緩んだ。

「おお、約束じゃ。話せ」

清右ヱ門が首肯《しゅこう》した。

「では、お話しします。お栄は、品川の海老屋で女郎をしております。金に困ってわたしが手配したんですがね。落ちぶれたものですよ、しかし武家の女だと評判でしてね……」

卯市が口角を引き上げ、にんまりと笑った。

その瞬間、卯市の首頭《くびがしら》が空を飛んだ。

清右ヱ門が脇に置いてあった刀を掴むや、腰を低くしたまま、濡れ縁から庭に飛び出し、刀を抜き一閃《いっせん》。きらりと光った刀が、首を刎ねたのだ。

藩で師範の代わりを務めるほどの居合の達人である清右ヱ門の太刀筋《たちすじ》は、まったく衰《おとろ》えていなかった。

卯市の首頭は宙を舞い、どさりと音を立てて庭に落ちた。にんまりと笑ったままだ。何が起きたのかすら、理解できなかっただろう。

卯市の首元からは噴水のように血が噴き出て、周囲を赤く染めている。

「おこうばかりか、お栄も愚弄《ぐろう》しおって……。許さぬ」

清右ヱ門は怒りのこもった顔で、卯市の首頭に向かってぺっと唾を吐いた。

「奉行所に、当家に無礼を働いた故《ゆえ》に手討ちにしたと報告しておけ。死骸の処理も任す」清右ヱ門は冷徹な声で、平蔵と小助に言いつけた。「それから、お栄を始末してくれ。哀れであるが、このままでは篠原家にとって名折れであるからのう。品川の海老屋なら、お前たちも知っておろう」

「ははぁ、ただちに……」

平蔵と小助は緊張した面持《おもも》ちで深々と低頭した。

「平蔵、卯市から孝太郎の居所を聞いたというのは本当か」

「は、はい」

低頭したまま、平蔵は震え声で答えた。

「何と言っていたのじゃ」

「日本橋の薬種問屋・養生屋の手代の孝助という者が、孝太郎様だと……。俄かには信じられませんでしたが」

「そうか……」清右ヱ門は懐紙で刀の血を拭いながら、濡れ縁を振り返っておこうを睨んだ。「おこう。くれぐれも馬鹿なことを考えるではないぞ。わかったな」

「わ、わたしは何も……」

おこうは顔を引《ひ》き攣《つ》らせ、言葉を失っていた。

——奥様、お邪魔なんでしょう？　あいつが。

おこうの頭の中では、卯市の言葉が駆け巡っていた。

「平蔵、小助。その養生屋の孝助とやらが本当に孝太郎であるか確かめてきてくれ。頼む」

清右ヱ門は言い、奥座敷へと消えた。

二

お栄の病はかなり進行していた。もはや客を取れるはずもなく、ほとんど部屋で寝たきりの日々だった。それほど長い命ではないことは、自《おの》ずと分かっていた。

しかし一向に寂しくはなかった。孝助に会うことができたからである。

孝助は、立派になった。親はなくとも子は育つというが、まさにその通りだ。こんなだらしのない母親から生まれたとは思えない。それをこの目で見ることができただけでも心が満たされるというものだ。

孝助は、必ず迎えにくると言った。それを信じて待っていていいのだろうか。待っていたいが、負担になってはいけない。こんな母親——ましてや病気でまともに生活もできないのに、一緒に暮らせるわけがない。

海老屋も強欲《ごうよく》で名が通っている。たとえ稼げない女郎であっても、身請け代金としてそれなりの額を要求するはずだ。そんな負担を負わせるわけにはいかない。

「ごほん、ごほん」

お栄は、咳き込んだ。懐紙を口に当てると、鮮やかな赤い血が紙を染めた。

「ちきしょう、どこまでついていないんだろう。神様、仏様、もし、ほんの短い間でも孝助と暮らせたら、思い残すことはありません」

お栄は目を閉じ、手を合わせた。

「お栄さん、お栄さん」

焦ったような声がして、戸が乱暴に開いた。

九平治が立っていた。笑みがこぼれている。

「どうしたんだい、そんなに慌てて。戸が壊れてしまうじゃないか」

お栄は眉を顰めた。

「喜んでおくんなさい。お迎えですよ」

「なに言ってんだい。まだ生きているよ」

「あははは、冗談は言いっこなしですよ。孝助さんですよ。孝助さんがお迎えにこられたんですよ」

「なんだって」

お栄は驚き、勢いをつけて体を起こした。わずかに息が切れた。

「お母様、孝助です」

九平治の後ろに孝助が立っていた。笑顔がまぶしいほど光っている。

「本当に迎えにきてくれたのかい」

「はい、お約束しましたから。今日から一緒に暮らしましょう」

孝助は部屋に入ると、お栄の傍で膝をつき、お栄の手を取った。

お栄は嬉しさに表情を崩しながらも、一方で渋面を作った。

「わたしは行かない。ここにいる」

「お栄さん、何を言うんだね。孝助さんを待ち焦がれていたんだろう」

九平治が眉根を寄せた。

「お母様、ぐずぐず言わないで一緒に行きましょう。孝助はこの日をずっと待っていたのでございます」

孝助は、お栄の手を強く握った。

「わたしのような病人を抱えるとお前に迷惑がかかる。それに、ここから出るには身請け代がかかることだろう」

「そんなこと心配しないでいいですよ。すべて九平治さんが上手くやってくださいました」

「そんなことがあるもんか」

お栄は九平治を見た。信じられないという顔だ。

「お栄さん、心配しなさんな。主人も事情を察して、身請け代はわずかでいいということになりました」

「強欲な海老屋とは思えない計らいだね。病で、お先が長くないから、良い厄介払いと考えたのかい」

お栄は、皮肉っぽく言った。

「そんなことはありゃしません。養生屋のご主人様が主人に掛け合ってくださったからです」

九平治が打ち明けた。

「養生屋って、孝助、お前の雇い主だね。本当かい？　わたしのような女がお前と暮らすことを承知なのかい」

お栄は、驚いた様子で孝助を見た。

「承知も何も、旦那様も奥様も、おみつ様も、皆、お母様をお待ちです。本当でございます」

孝助は、満面の笑みを浮かべた。

「うっうっ」

お栄は襦袢の袖で顔を覆い、呻くように泣き始めた。

「お母様、何も心配することはありません。わたしがお世話します。さあ、ご一緒に参りましょう」

孝助が、お栄の体を抱き起こそうとした。

その時だ。

海老屋の若い者が慌てた様子で部屋に飛び込んできた。

「どうしたんだ」

九平治が訊いた。

「平蔵と小助とかいうお侍が、お栄さんに会わせろと来ています。どうしましょうか」

若い者が言った。

「平蔵と小助……。清右ヱ門様に仕える小者じゃないかね。わたしを捕らえにきたんだろう。仕方がないねぇ。どこまでもついてない。せっかく孝助が迎えにきてくれたのに、清右ヱ門様からもお迎えがくるとはねぇ。行かざるを得ないね」

お栄が諦めたように悲しげに言い、ゆっくりと立ち上がろうとした。

「お母様、行ってはいけません」

孝助は強く引き留めた。

「孝助や、これが定めというものだよ。清右ヱ門様は、わたしを許すことはないでしょう。なにせ一番大事なお前を連れ去ったのですからね。罰は受けます」

お栄は薄く笑みを浮かべた。

「ちょっとお待ちなさい。ここで静かにしていてください」九平治がお栄を押しとどめた。「わたしに考えがありますから」

「九平治さん、よろしくお願いします。母がここから無事に出られるように、お取り計らいください」

孝助は、畳に頭を擦り付けるほど低頭した。

「お任せください」

九平治は緊張した顔つきで「お二人を次の間にお通ししてくれ」と若い者に告げた。

三

「おお、九平治殿、先だっては卯市捕縛にあたり世話になったのぉ」

平蔵が言った。

「これはこれは平蔵様に小助様、その節はお役に立てて何よりでございます」九平治は腰を屈めて揉み手をした。「さては今日は、お泊まりでございますか。良き女をお手配いたしますが」

「いや、今日はそうではない。お栄様に会わせて欲しいのだ」

小助が言った。

「お栄様と言いますと」

「九平治殿、とぼけるではないぞ。お主は、何もかも知っていたのだろう」

平蔵が言った。

「滅相もございません。お武家様相手にとぼけるなどということはございません」

九平治は平然と答えた。

「卯市から全て聞いたのだ。我らが長年探し求めていた篠原清右ヱ門様のお子、孝太郎様は養生屋の孝助殿であること、そして母上のお栄様がここにおられるということをな。かえすがえすも残念であるのは、孝太郎様とお会いしながら、卯市の話を信じなかったばかりに擦れ違ってしまったことだ」

平蔵が苦虫を嚙み潰したような顔をした。

「卯市からお聞きになったのですか……。ところで卯市はどうなりましたか」

「あやつか……」平蔵が表情を曇らせた。「あやつは、死んだよ」

「そうですか。死にましたか」

九平治は、卯市が彼らの手にかかって殺されたのだろうと推測したが、詮索することはしなかった。

「九平治殿、お栄様と会わせてくれ。ここにいるのは分かっておる。清右ヱ門様の命《めい》であるのだ」

小助が険しい顔で迫ったが、九平治は、さも悲しげな様子で目を伏せた。

「手遅れでございます」

「手遅れとな。それはどういう意味じゃ」

平蔵が訊いた。

「亡くなられました」

「な、なんと、いつのことじゃ」

平蔵と小助が同時に目を瞠った。

「息子さんが養生屋の孝助さんとして立派になっておられると知り、お栄さんは大変お喜びになったのですが……」九平治は涙を拭った。「お栄さんはかねてより重い病を抱えておられまして、それに加えて、実の母が女郎であっては孝助さんの障《さわ》りになると思い悩まれまして……」

「まさか自ら命を絶たれたのではあるまい……」

平蔵が怯えた顔になった。

「そのまさか、でございます。自ら命を絶たれました。雄黄《おおう》を服されて……。わたしが駆けつけた時には、もはや手遅れでございました」

雄黄とは、性病治療などに使われているヒ素のことである。

「そうであったか……」平蔵の眉間の皺が深くなった。「自ら命を絶たれるとは、さすがに武家のご妻女であられたと感服いたす。孝太郎様にも迷惑をかけたくない、かつ、お家の恥をも自ら濯《そそ》がれたのであろう。我らも助かったではないか。のう、小助」

「そうじゃのぉ。嫌な役目をせずに済んだ」

小助はほっと息を吐いた。

「嫌なお役目とは、何でございますか」

九平治が聞《き》き咎《とが》めた。

「これは聞かなかったことにして欲しいが……」小助が答えた。「清右ヱ門様は、お栄様を亡き者にせよと我らに命じられたのだ。お栄様の境遇を卯市から聞き、篠原家の恥を濯がねばならぬとのお考えからであろう」

「清右ヱ門様は非情な命を下されたものの、その心中を察するに余りある。お辛かったであろう……」平蔵も言い添えた。「孝太郎様を連れ出したお栄様を憎いと思いながらも、反面、愛おしく思われていたに違いない。それが証拠に、卯市がお栄様を辱《はずかし》めたと知るや、自ら刀を取り、その首を刎ねられた。仇《かたき》を討たれたのじゃ。あのような悪人を斬って捨てても、刀の穢れになるだけであるのに……」

「清右ヱ門様が自ら、卯市を成敗されたのでございますか」

九平治は、卯市の首が宙に飛ぶ場面を想像して、首を竦《すく》めた。

「おお、そうじゃ。一刀のもとにな」平蔵が首に手を当てた。「それにつけてもお栄様は、お優しい、良き女人《にょにん》であられた。我らが清右ヱ門様から叱責を受けた際、いつもお栄さまに慰《なぐさ》められたものじゃ。そのことを思い出すと、涙が出てくるのを止められん。実のところ我らは、お栄様を手にかけるなど、できそうもないことで、気重であったのじゃ」

平蔵の目が涙で滲んだ。

「ところでお栄様の亡骸《なきがら》は、ここに置かれているのか」

小助が九平治の背後を覗き見るようにして訊いた。

「すでにここにはございません。わたしどもの習いでありますが、海蔵寺《かいぞうじ》に埋葬《まいそう》し、すでに無縁様となっております」

海蔵寺は、亡くなった女郎たちが埋葬される、いわゆる投げ込み寺である。

「そうであるか……。清右ヱ門様にはどのようにご報告すればいいかのぉ」

小助が悩ましそうに首を傾げ、平蔵を見た。

「九平治殿は、我らに味方して、卯市を捕縛させてくれた御仁《ごじん》である。その言葉に嘘はないであろう。ありのままご報告すればいい。見事な最期《さいご》であられたとな。それで我らの役目が果たせるというものよ。それよりも悩ましいのは、孝助殿が本当に孝太郎様であるのか確かめよということだ」

「確かに、そうじゃ。我らは孝助殿本人に会いながら、孝太郎様と言われても、それを信じることができんかったからのぉ。町人そのものの風情であったからだが……」

小助が呟いた。

「のう、九平治殿。おぬしは孝助殿と親しいのであろう。我らと会えるように取り計らってくれぬか」

平蔵に頼まれ、九平治は二人をじっと見つめた。

お栄が自決したとの話を二人が信じたことは間違いない。お栄を亡き者にせよとの非情な命を果たしたくないとの思いが、九平治の言を信じさせたのだ。

一方、孝助はどうなるのか。清右ヱ門は卯市の口から、養生屋の孝助こそが孝太郎であると聞いたのだろう。清右ヱ門はその事実を確かめよと、小者二人に命じた。おそらく清右ヱ門は半信半疑ながらも、卯市の言を信じたいという思いが強いのだ。

清右ヱ門には、後添いがいるはずだ。もし後添いとの間に男子が生まれていたら、孝助の存在は邪魔になる。その場合、この二人に孝助を始末せよと命ずる可能性はないだろうか。いや、きっと命ずるに違いない。どうすれば孝助の身の安全が図《はか》れるだろうか。

「九平治殿、どうされたのか」

黙り込んだ九平治の様子を怪訝そうに平蔵が見つめている。

すると九平治は、ポンポンと柏手《かしわで》を打った。

すかさず若い者が部屋に入ってきた。九平治は若い者に「耳を貸せ」と言い、何事かを囁いた。

「分かりました」

若い者は平蔵と小助をひと睨みし、部屋を出ていった。

九平治は、いざという時には平蔵と小助を討ち取るために、次の間に続く廊下に腕の立つ者を何人か待機させていたのである。

「孝助殿に会える手はずを頼めぬか」

平蔵は再び言った。

「九平治殿。養生屋の孝助殿は、本当に清右ヱ門様のご嫡男《ちゃくなん》孝太郎様であるのか。知っていることを教えてくれ」

小助が頼み込んだ。

「わたしが存じ上げていることはございません」

九平治は決然として言った。

「そんなはずはないであろう。おぬしと孝助殿は、一緒になって卯市の捕縛に助力してくれたほどの仲じゃ。何も知らないということはないであろう」

平蔵がしつこく食い下がる。

「まさか……」小助が九平治を見つめ、小首を傾げた。「我らが孝助殿に害をなすと考えているのではないか」

九平治は、小助の問いに無言で応えた。

「やはりそうであろう」小助は、安堵したように笑みを浮かべた。「その懸念は無用であるぞ」

「無用であるとおっしゃる、その根拠は何でございましょうか」

九平治は鋭い視線を小助に向けた。

「後妻のおこう様にとって孝太郎様が現われるのは、間違いなく不都合なことである。おこう様は男児に恵まれておられないので、ご自分の係累に篠原家の跡目を継がせたいとのお考えであった。そこで我らに、孝太郎様を見つけたとしても連れ戻さずに殺せとまで言われた。それは事実である」

小助は真剣な表情を崩さない。

「何ということ……」

九平治は絶句した。懸念した通りだったからだ。

「おこう様は、嫉妬深いお方でのぉ……」

平蔵が呟いた。

「しかし今回、卯市の首を刎ねた清右ヱ門様が、おこう様に『馬鹿なことを考えるな』とご注意されたのだ。血刀を拭いながら、な。おこう様は蒼《あお》くなり、ぶるぶると震えて、卒倒《そっとう》されんばかりであった。その時、我らは、おこう様のご命令が消えたと安堵したのだ。清右ヱ門様は本気で、孝太郎様に会いたいと思っておられる。九平治殿、頼む。孝助殿が孝太郎様であるのか、確かめる機会を我らに与えてくれ」

小助が頭を下げた。平蔵も、それに倣った。

「孝助さんに害はないのですね」

九平治は強く念を押した。

「ない」

平蔵と小助が同時に言った。

九平治は、部屋の襖戸《ふすまど》を開けた。

「おっ」

平蔵と小助が、小さく声を上げた。

廊下に、数人の若い者が控えていたからである。皆、鋭い目つきで、刀を握りしめている。

「もし、お二人の言に違うところがあれば、ここからは無事にお帰りになれないとお思いくだされ」

「わかった」

平蔵が静かに頷いた。

「我らは武士である。虚言《きよげん》を弄《ろう》することはない」

小助も言った。

「ならば、ここでお待ちください」

九平治は言い残し、部屋を出た。

四

「おっ、お前は……」

平蔵が驚きの声を発した。再び部屋に入ってきた九平治は、一人の男を連れていた。

「な、何と、お主、孝助殿ではないか」

小助も驚いた。

「いつぞやは大変お世話になりました」

九平治の隣で腰を低くしている孝助は、二人に頭を下げ、卯市捕縛の礼を言った。

「なぜ、ここにいるのじゃ」

平蔵が問うた。

「九平治さんから、母のお栄が亡くなったと知らせを受けたものですから、急ぎ参ったわけでございます」

孝助は気丈にも答えた。

「そうであったか……、お栄様は誠に残念であった。ところで、おぬしの母君はお栄様であるのか」

平蔵が身を乗り出した。

「わたくしは日本橋本町の薬種問屋の手代、孝助と申します。そして亡くなりましたのは母お栄でございます。母とは六歳の時に離れ離れになりました。亡くなる間際ではありましたが、九平治さんのご仲介《ちゅうかい》で、母に会えたことは幸いでございました」

「間違いなくお栄様が母君であると言うのだな。平蔵、この孝助殿は間違いなく清右ヱ門様のご子息孝太郎様であるようじゃな」

小助が平蔵に耳打ちをした。

「おお」と平蔵は大きく頷き、「我ら二人は長年にわたり、お栄様が連れ去っていかれた篠原清右ヱ門様のご子息、孝太郎様を探しておる。おぬしが、まことに、まことにその孝太郎様であるのか」

平蔵は、まだ信じられないという顔つきで目を瞠り、息を切らせて口走った。

「平蔵」

小助が平蔵の着物の袖を引いた。その目は孝助の一点に注がれている。

「なんじゃ、小助」

「右耳の後ろを見てみろ、星形に並んだほくろがあるぞ。このほくろのことは、随分昔に、お栄様から聞いたことがある。この子は良い星の下に生まれたのだと笑顔でお話しされていたのを思い出した」

「えぇい、少し黙れ。今、この者に質しておるではないか」平蔵は小助を制し、孝助に向き直った。「おぬしは、なんぞ証しなどを持ってはいないか」

「正直に申し上げます。わたしには残念ながら父の記憶がございません。父の下《もと》から幼くして離れたからでありましょう。しかし母がこれを渡してくれました。わたしの出自を証明するものだから大切にするようにと」

孝助は懐から錦の鞘に納められた脇差を取り出し、平蔵と小助の前に置いた。

「こ、これは……」平蔵は、それを見るなり飛び上がるほど驚き、悲鳴に近い声を発した。「清右ヱ門様がお仕えする青山下野守様より拝受いたした脇差ではないか。この柄《つか》にある青山銭紋が何よりの証拠」

二人は、ざざざっと座敷の隅まで引き下がり、正座をすると、孝助に向かって畳に頭を擦りつけて低頭した。

「あなた様は、我らが探し求め続けてきた孝太郎様に間違いございませぬ」

平蔵は激しく嗚咽し、小助の肩を抱いた。

「小助、良かったなぁ。これで我らの役目が果たせたぞ」

「おお、よかった、よかった。安堵じゃ、安堵じゃ。清右ヱ門様もお喜びになるであろう」

小助も泣き始めた。

「孝太郎様、我らと共に清右ヱ門様の下にお戻りくださいませ。我らがご同道いたします」

平蔵と小助が、ふたたび低頭した。

孝助は、困惑した表情で二人を見つめた。

「どうか、どうか、お願いします。我ら二人の労苦に報いていただきたい」

平蔵と小助は血が滲むほど、畳に額をこすりつけた。

しかし孝助は居住まいを正すと、二人に向かって決然と言い放った。

「お二人には申し訳ないのですが、わたしは、その清右ヱ門という方の下には参りません。わたしは、養生屋の手代でございます」

平蔵と小助は愕然とし、肩を落とすと、大きくため息を吐いた。

「帰りましたね」

九平治が声を潜めた。

平蔵と小助の二人は、いかにも残念そうに帰っていったのだった。

「お陰様で助かりました」

孝助は安堵し、九平治に向かって頭を下げた。

「駕籠を用意しておりますので、急いでお栄さんをお連れしましょう」

「何から何まで有難いことです。相生町一丁目までお願いします。そこに二軒続きを借り受けましたので」

孝助はお栄を引き取るために、かつてお栄と暮らした相生町一丁目の裏店に住まいを借りていたのである。

五

「お母様、徳庵先生が来られましたよ」

孝助は病床のお栄に呼びかけた。

海老屋から連れ出されてからというもの、お栄の病は一気に進行していた。

「孝ちゃん、そのお母様というのはよしたらどうだい」お栄は咳き込みながら、弱々しげな笑みを浮かべた。「何か他人行儀な気がする。昔のように母ちゃんでいいよ。わたしも孝ちゃんと呼んでいるんだからね」

「養生屋で躾《しつ》けられたもので、丁寧に話すことに慣れてしまいました。それじや、母ちゃん、徳庵先生が来たよ。これでいいですか」

「いいね」

お栄が笑みを浮かべた。

「どうですか、具合は」

徳庵が部屋に上がってきた。

「今日は少し気分が良い気がいたします」

孝助に支えられて、お栄は体を起こした。

徳庵はお栄の脈を取った。そして着物の胸元を緩め、紙筒の一方をお栄の胸に当てると、もう一方を自分の耳に当てた。

「それは変わったものでございますね」

孝助が徳庵に声をかけた。

「こうすると、直《じか》に耳を胸に当てるより、よく聞こえるのだ」

「工夫されましたね」

「長屋暮らしをしていると、隣の声が気になって、こうやって茶碗などを壁に当てると、よく聞こえることがあるだろう。それで思いついたのだ」

徳庵が笑った。

「盗み聞きからとは面白いですね。母の具合はいかがでしょうか」

「よくなっておるから安心しなさい。滋養のあるものを食べて、ゆっくりすることだな。これは高麗人参《こうらいにんじん》だ」

徳庵は診察箱から人参を取り出した。

「高価な薬ではありませんか。養生屋でも手に入れるのは難しゅうございます」

「これを毎日、少しずつ煎じて飲むとよい」

「分かりました。ありがとうございます。しかし、お代金はいかほどでしょうか」

「治療代など、心配することはない」

「本当に有難うございます……」

孝助は高麗人参を大事に抱え、徳庵に頭を下げた。

「孝助さん」

入り口の戸が開いた。おみつが入ってきた。

「おみつ様、今日も来てくださったのですか」

孝助は笑顔で迎えた。孝助とおみつは、五兵衛の許しを得て許嫁の仲になっていた。とはいえ、以前と同じようにまだ「おみつ様」と呼んでいたのである。実際の婚礼はお栄の回復次第ということになっていた。

「今日は、お母様のために滋養のあるお粥《かゆ》を作ってきたのよ。美味しいかどうか分からないけど」

おみつが明るく言った。

「おみつさん、いつもすまないねぇ」

お栄は表情を綻ばせた。

「おみつさんの笑顔が一番の薬だね」

徳庵が言った。

「本当に有難いことです。おみつ様がこうして来てくださるおかげで、母の看病をしながらお店にも顔を出すことができます」

孝助がおみつに向けて微笑《ほほえ》んだ。

「孝助さん、遠慮しないで。孝助さんのお母様は、わたしのお母様だもの。当たり前じゃないですか」

「孝ちゃん、わたしは幸せ者だよ」

お栄が涙をぽろりと落とした。

「母ちゃん、これから今までの分を取り戻すんですよ」

孝助は、お栄の背中をさすりながら言った。

「孝助さん、わたしは失礼するが、少しいいかな。外で話そうか」

徳庵が立ち上がり際に言った。

「はい」

徳庵の表情が硬いのを見て、孝助は胸騒ぎを覚えた。

「お母様、わたしがお粥を食べさせてあげますから」

おみつはお粥の鍋を持ち、お栄の傍に座った。

「おみつ様、ではよろしくお願いします」

孝助はおみつにお栄の世話を任せ、徳庵と外に出た。

背後の戸が閉まったことを確認すると、孝助は表情を強張らせた。

「先生。お話というのは、母のことですね」

「そうだ。先ほど、よくなっていると申したが、実は病の程度は、よくはない。それほど長くはないと思われる。せいぜい、親孝行をして差し上げてくれ」

徳庵は声を落とした。

「分かりました。幸い旦那様からは、お店より母の看病を優先していいと、有難いお言葉を頂戴しております。せいぜい親孝行をさせていただきます」

「それがいい、それがいい。ではわたしはこれで」

徳庵は裏店の路地を、次の患者の家に向かって歩いていった。

徳庵の後ろ姿に向かって、孝助は深く頭を下げ続けた。頭を下げていると、涙が落ちてきた。

「泣いちゃいけない。母ちゃんが心配する」

孝助は両手を目に当て、涙を拭った。そして裏店にある井戸で水を汲《く》み、顔を洗った。懐の手拭いで顔を拭うと、引きつらせるように無理やり笑みを作った。

「さあ、母ちゃんを笑顔にするぞ」

孝助は両手で頬を叩いて、戸を開けた。

「徳庵先生はお帰りになったのですか」

おみつが訊いた。

「今、お帰りになりました」

「お母様、わたしのお粥が美味しいって。嬉しいわ」

「本当に美味しいんだよ」

お栄が笑みを浮かべた。

「母ちゃん、ちょっと外に出ましょうか」孝助は母の枕元に歩み寄った。「夕焼けが綺麗《きれい》です。おいらが負《お》ぶりますから」

「そりゃ嬉しいね。外の空気を吸うのもいいからね」

起き上がろうとするお栄の体を、おみつが支えた。

「さあ、おいらの背中に乗れますか」

お栄はおみつの手を借りて、しゃがんだ孝助の背中に乗った。

――軽い……。

孝助は、お栄の体の軽さに衝撃を受けた。

「よいしょ」

わざと大げさに言い、孝助は立ち上がる。

「重くて、悪いね」

そう言うお栄の表情は柔らかかった。

「なんの、なんの」

孝助は両手でしっかりとお栄を支えると、外に出た。おみつも寄り添って歩く。

三人はゆっくりとした足取りで、竪川の一ツ目之橋までやってきた。ちょうど陽が沈み始め、川面を赤く染め始めている。

「綺麗……」

おみつが夕陽を見つめて、目を細めた。

「母ちゃん、覚えておられますか」

「ああ、覚えているよ。ここでお前と別れたんだったね」

「あの日も、こんなに夕陽が綺麗でした……」

「お前には悪いことをしたね」

お栄が孝助の背中越しに、覗き込むように言った。

「何を言っているんですか。母ちゃんが『絶対に負けるんじゃないよ』と言ってくださったから、おいらは頑張ったんです。今度は、おいらが母ちゃんに病《やまい》なんかに『絶対に負けるんじゃないよ』って言い返す番ですよ」

孝助は、背中のお栄に向けて首を捩《よじ》った。

「そうだね。お前とおみつさんの婚礼の姿を見られるように、元気にならないとね」

お栄は、おみつに笑みを投げた。

「そうですよ。お母様、わたしたちのためにも元気になってくださいね」

おみつが励ました。

「有難う、有難う……」

お栄は何度もそう繰り返した。

孝助は、首筋に冷たいものが滴《したた》り落ちるのを感じていた。お栄の涙だろう。

夕陽は、川面をより鮮やかに赤く染めていく。お栄の涙も赤く染まっているに違いないと孝助は思った。

六

数日後、お栄は静かに息を引き取った。その死に顔は安らかだった。

養生屋に孝助を訪ねてくる者があった。

年のころは五十路《いそじ》を過ぎた印象の、落ち着いた葡萄茶《えびちゃ》の着流しに、濃紺《のうこん》の羽織を羽織った武士であった。

一瞬で、その武士が誰であるか理解した。父の篠原清右ヱ門だ……。

孝助は前垂れで手を拭きながら、武士の前に進み出た。

「孝太郎、達者であったか」

えも言われぬ感動に、孝助の胸は詰まった。しかしそれを表情には出さなかった。

「どちら様でございましょうか」

「そうか、名乗っておらなかったな。覚えていないのか」清右ヱ門は穏やかな笑みを浮かべた。「儂《わし》は篠原清右ヱ門だ。お前の父親である。お栄は可哀そうなことだったが、お前が弔《とむら》ってくれたと聞いた。安堵しておるぞ」

孝助は、硬い表情を崩さなかった。

「突然、お父上であると申されましても、戸惑うばかりでございます……」

「お前をずっと探し求めていたのだ。その気持ちは、是非《ぜひ》とも分かってもらいたい。今日は、こちらのご主人に話があって参った。気を遣わせても悪いので、供も連れずに一人で参った。ご主人はおられるかな」

清右ヱ門は、店の中を覗き込むような仕草をした。

「奥におります。どうぞ、お入りください」

孝助は清右ヱ門を招き入れた。

「よく繁盛しておるようだのう」

清右ヱ門は、先を歩く孝助に言った。

「お陰様で」

答えながら涙がこぼれそうになるのを、孝助はぐっと堪えた。嬉し涙である。

母、お栄が亡くなり、唯一の身内は父、清右ヱ門だけとなってしまった。その人物が、今すぐそばにいる。嬉しくないなどということは絶対にない。「父上！」と叫び、その胸に飛び込みたい……。

「仕事は面白いか」

「はい。他人様《ひとさま》のお役に立っていることが喜びでございます」

「立派になったのぉ。屋敷を出た時は、小さくて頼りなげだったがなぁ」

「こちらです」

孝助が手で指し示す先に、五兵衛が立っていた。

「清右ヱ門様、どうぞこちらに」

五兵衛にも、その武士が誰であるかは分かっていた。孝助から出自について詳しく聞いていたからである。

「では失礼する」

清右ヱ門は二本の刀を腰から外し、座敷に上がった。座敷の前には、ここが日本橋の中心地であることを忘れてしまうほどの立派な山水《さんすい》の庭が広がっていた。

「見事な景色ですな」

清右ヱ門が庭を愛《め》でた。

「恐れ入ります」五兵衛は低頭した。「孝助、あなたも一緒に上がってきなさい」

「分かりました」

孝助は、五兵衛の脇に控えた。

おみつが茶を運ぶために現われ、五兵衛と清右ヱ門の前に碗を置いた。

「どうぞ、粗茶ですが」

「これはかたじけない」

清右ヱ門が碗を取り上げ、一服した。

「さて、今日のご用向きはいかがなものでございましょうか」

用件は推測できていたが、五兵衛は畏《かしこ》まって訊いた。

「そこにいる孝助、いや孝太郎のことでございます」清右ヱ門は孝助を一瞥《いちべつ》した。「ご承知のことであろうが、この者は某《それがし》のただ一人の息子であります。ゆえあって十数年もの間、離れ離れになっており、その生死も分からず仕舞《じま》いでござった。その間、孝太郎のことは一度たりとも忘れたことがござらん。それが天の僥倖《ぎょうこう》で、このように立派になった姿で会うことができた。これに勝《まさ》る喜びはありませぬ」

清右ヱ門は不覚にも目頭を涙で曇らせ、それを指でそっと拭った。

孝助もそれを見て、目頭を手で押さえた。

「ご心労、お察し申し上げます」

「さて、そこでご主人に相談なのだが、孝太郎を我が篠原家の跡取りとして迎え入れたいのだ。今まで世話になった礼と言えば憚《はばか》るのだが、我が殿、青山様のご領地である丹波国《たんばのくに》が、薬草の産地であるのは承知されておろう」

「はい、存じ上げております」

「まことに薬草が豊富でのぉ。黄連《おうれん》、当帰《とうき》、芍薬《しゃくやく》から非常に貴重な番紅花《ばんこうか》（サフラン）まで揃っておる。某は勘定方も務めておるゆえ、これらの薬草を養生屋に対して格別の手配が可能である。ご主人の商いが大いに盛んになることは請《う》け合《あ》いであるが、どうかの」

清右ヱ門は、五兵衛の意向を窺うように、その顔を覗き込んだ。

「それは非常に有難いお話でございます。わたくしは、孝助の才覚、人柄を高く買っております。それゆえ、近く娘、おみつと一緒にさせ、ゆくゆくはこの養生屋の跡取りに……と考えております。清右ヱ門様には大変申し上げにくく、失礼かと存じますが、ただいまのお話については、やはり孝助本人の考えを尊重するべきかと。孝助の考えを聞き、判断したいと思います。……孝助、答えよ。遠慮するでない」

五兵衛に促された孝助は、俯いたまましばらく黙っていた。そしておもむろに顔を上げると、清右ヱ門を見つめた。その目は悲しみに満ちていた。

「わたしは、父上、母上と幼き頃に別れ、その愛情も知らずに育ちました。そしてつい先ごろ、長年会いたいと焦がれておりました母上の死に直面しました。この世にいる身内は、お父上のみでございます。正直なところ、お父上の下で暮らしたいという願いもございます。しかしながらわたしは、この養生屋の扱う薬がどれだけの人を助けているかを存じております。武士になるより薬屋でいたいとも思っております。この世に生を享けた以上、死ぬまで人の役に立っていたいのです。誤解していただきたくないのですが、お武家様が人のために役立っていないと申し上げているわけではございません。ただ……ただ、薬屋のほうが、わたしに相応しいのではないかと考えております」

孝助は必死の思いを訴えた。

清右ヱ門は、傍らに置いた長刀に手をかけた。

孝助と五兵衛の顔に緊張が走った。

果たして清右ヱ門は、立ち上がって二本の刀を腰に差し戻した。そして孝助を見て、うっすらと笑みをこぼした。

「孝太郎、お前の言いたいことは事前に察しがついておった。やはり思い通りの答えであった。実は、後添いにもらったおこうは、お栄と違って悋気《りんき》な女でのぉ。お前が帰ってくることをよろしくは思っておらぬ。だから儂も悩んでいた。お前には切に戻って欲しい。しかしおこうとの悶着《もんちやく》は避けたい。こうしてお前の気持ちがわかったところで、儂も晴れ晴れとした気持ちだ。青山様にお伺いを立てて養子を迎え入れ、篠原家の存続を図るほかあるまい。おお、そうじゃった。おこうは養生屋とご同業の、いわし屋の娘である。どうも儂は薬に縁があるようじゃ。もし商いで何か困ることがあれば、何なりと相談してくれ。……さて、五兵衛殿」

清右ヱ門が五兵衛に目を向けた。

「何でございましょう」

「某と親類付き合いをしてくれないかの」

思わぬ申し出に、五兵衛は驚きを禁じ得なかった。

「何をおっしゃいますか。もったいのうございます。武家と町人では身分が違いまする」

五兵衛は否定の意味で手を左右に振った。

「そのような些事《さじ》は構わぬ。某の勝手ではあるが、親戚であれば孝太郎の成長を見守れるというものである。孝太郎、いや孝助がよき商人になるまで見届けてやりたいのだ」

清右ヱ門の目にうっすらと涙が浮かんでいた。

「有難きお言葉。この五兵衛、確《しか》と承りました。本日をもって養生屋五兵衛と篠原清右ヱ門様とは、親戚でございます」

「よいな」と五兵衛は孝助に向かって微笑みかけた。

孝助は深く頷いた。

「それでは、これからはお互い忌憚《きたん》ないお付き合いのほど、よろしくお願いいたします」

五兵衛は深々と頭を下げた。

主人に倣って頭を下げる孝助の目からは涙が流れ落ち、畳を濡らしていた。

清右ヱ門が立ち上がった。

「嬉しいぞ。歓天喜地《かんてんきち》の思いであるぞ。孝助、よき商人となり、人々の役に立つのだ。それでこそお栄もあの世で喜ぶことであろう」

「お父上も、末永くお元気でお暮らしください」

孝助は清右ヱ門を見つめた。その目は赤く染まっていた。

さて、孝助は武士とならず、薬種商になる道を選択いたしました。

この頃、江戸には人々を苦しめる病が流行り始めておりました。多くの人が、文字通りバタバタと倒れ、亡くなります。人々は「南蛮《なんばん》風邪」と言って恐れておりました。

薬種商である孝助は、この病といかに戦うのでありましょうか。

お噺は、まだまだ続くのであります。

この作品は、書下ろしです。また本書はフィクションであり、登場する人物、および団体名は、実在するものといっさい関係ありません。

切り取り線

一〇〇字書評

根津や孝助一代記

購買動機（新聞、雑誌名を記入するか、あるいは○をつけてください）

□（　　　　　　　　　　）の広告を見て
□（　　　　　　　　　　）の書評を見て
□ 知人のすすめで　　　□ タイトルに惹かれて
□ カバーが良かったから　　　□ 内容が面白そうだから
□ 好きな作家だから　　　□ 好きな分野の本だから

・最近、最も感銘を受けた作品名をお書き下さい

・あなたのお好きな作家名をお書き下さい

・その他、ご要望がありましたらお書き下さい

住所	〒				
氏名		職業		年齢	
Eメール	※携帯には配信できません	新刊情報等のメール配信を 希望する・しない			

この本の感想を、編集部までお寄せいただけたらありがたく存じます。今後の企画の参考にさせていただきます。Eメールでも結構です。

いただいた「一〇〇字書評」は、新聞・雑誌等に紹介させていただくことがあります。その場合はお礼として特製図書カードを差し上げます。

前ページの原稿用紙に書評をお書きの上、切り取り、左記までお送り下さい。宛先の住所は不要です。

なお、ご記入いただいたお名前、ご住所等は、書評紹介の事前了解、謝礼のお届けのためだけに利用し、そのほかの目的のために利用することはありません。

〒一〇一-八七〇一
祥伝社文庫編集長　清水寿明
電話　〇三（三二六五）二〇八〇

祥伝社ホームページの「ブックレビュー」からも、書き込めます。
www.shodensha.co.jp/bookreview

祥伝社文庫

根津《ねづ》や孝助一代記《こうすけいちだいき》

令和 6 年 7 月 20 日　初版第 1 刷発行

著　者　江上《えがみ》　剛《ごう》
発行者　辻　浩明
発行所　祥伝社《しょうでんしゃ》
東京都千代田区神田神保町 3-3
〒 101-8701
電話　03（3265）2081（販売部）
電話　03（3265）2080（編集部）
電話　03（3265）3622（業務部）
www.shodensha.co.jp

印刷所　萩原印刷
製本所　ナショナル製本
カバーフォーマットデザイン　芥 陽子

Printed in Japan ©2024, Go Egami ISBN978-4-396-35066-6 C0193